열다섯 우리,
작은 연대도
소중해

열다섯 우리, 작은 연대도 소중해

청소년 성장소설 십대들의 힐링캠프, 관계

[십대들의 힐링캠프®] 시리즈 NO.65

지은이 | 조영미
발행인 | 김경아

2023년 7월 10일 1판 1쇄 인쇄
2023년 7월 17일 1판 1쇄 발행

이 책을 만든 사람들
책임 기획 | 김경아
기획 | 김효정
북 디자인 | KHJ북디자인
표지 삽화 | 캐롤마인드
경영 지원 | 홍종남
기획 어시스턴트 | 홍정훈, 한선민, 박승아
제목 | 김경아
책임 교정 | 이홍림
교정 | 주경숙, 김윤지

이 책을 함께 만든 사람들
종이 | 제이피씨 정동수 · 정충엽
제작 및 인쇄 | 천일문화사 유재상

청소년 기획위원
정가인, 양태훈, 양재욱

펴낸곳 | 행복한나무
출판등록 | 2007년 3월 7일. 제 2007-5호
주소 | 경기도 남양주시 도농로 34, 301동 301호(다산동, 플루리움)
전화 | 02) 322-3856 팩스 | 02) 322-3857
홈페이지 | www.ihappytree.com | bit.ly/happytree2007
도서 문의(출판사 e-mail) | e21chope@daum.net
내용 문의(지은이 e-mail) | joym1224@naver.com
※ 이 책을 읽다가 궁금한 점이 있을 때는 지은이 e-mail을 이용해 주세요.

ⓒ 조영미, 2023
ISBN 979-11-88766-66-1
"행복한나무" 도서번호 : 167

열다섯 우리, 작은 연대도 소중해

조영미 지음

차례

등장인물 소개

신화

시니컬한 소심쟁이.
연예인 소식에 관심이 많고 노래방 가는 것을 좋아한다.
그림을 잘 그리고 다이어리 꾸미기를 즐긴다.
언제나 더치페이 관계를 고집하지만
서로 계산하지 않고 지낼 수 있는 진정한 친구에 대한 갈망이 크다.

채원

잘할 수 있는 건 오직 반장뿐.
엘리트 집안에서 유일하게 공부를 못하는 것이 고민이다.
활동적이고 애교 많은 성격에, 예쁘장한 외모로 인기가 많지만
진짜 하고 싶은 속 얘기는 누구에게도 꺼내지 못하고 끙끙 앓는
스타일이다.

다희

활발한 성격의 파워 긍정 걸.
가족 얘기만 나오면 거짓말을 했던 과거가 있지만
주위 사람들의 장점을 잘 찾고 칭찬을 아끼지 않는다.
할머니에 대한 애착이 강하다.

도연

뼛속까지 모범생.
자주 가는 곳은 도서실이며, 추리소설을 즐겨 읽는다.
엄마의 사고 이후 그늘에서 벗어나지 못하고
혼자 사는 인생, 친구는 필요 없다 생각한다.

교실을 채우는 백만 가지 생각들

"그동안 고마웠어. 잘 지내!"

장난스럽게 인사하고 자리로 돌아온 부반장 영우의 어깨가 축 처져 있었다. 또, 평소답지 않게 한참 동안 고개를 푹 숙이고 있었다.

갑작스러운 작별 인사에 교실 분위기는 무겁게 가라앉았다. 담임역시 아쉬움을 감추지 못했다.

"우리 반이 지금까지 스물여덟 명이었는데 갑자기 영우가 전학을가게 되면서 이제 스물일곱 명이 됐네. 선생님도 영우가 빠진 스물일곱이란 숫자에 한동안 적응이 안 될 것 같다. 거리가 멀어지더라도 계속 연락하고 지내면 되니까 너무들 아쉬워하지는 말고."

스물여덟이면 어떻고, 스물일곱이면 어떤가. 조영우가 우리 반 핵인싸이긴 하지만 전학 가고 나서도 계속 연락하는 아이들은 많지 않을 것이다. 어차피 인간관계란 다 그런 게 아닐까. 신화는 연습장 귀퉁이에 이런저런 빵 모양의 그림을 끄적이며 생각했다.

"그리고 부반장이 없어서 채원이가 혼자 임원 역할을 하려면 힘이 들 거야. 당분간 너희가 더 많이 도와줘야 해."

담임을 바라보던 아이들의 시선이 채원에게로 옮겨갔다.

채원이는 허리를 꼿꼿이 펴고 앉아 눈을 동그랗게 뜨고 담임의 말에 집중하고 있었다. 수시로 고개를 끄덕이며 반응을 보이기도 했다.

주위 아이들이 바라보자 아무렇지도 않다는 듯이 환하게 웃어 보였다. 채원이의 눈이 반달 모양으로 변했다.

활발하고 털털한 성격의 영우를 아이들이 잘 따르는 건 사실이었다. 하지만 항상 노는 일이 먼저였다. 영우는 여태까지 한 번도 과제를 걷거나 수행평가를 전달한 적이 없었다. 그래서 사실 그동안 임원 역할은 혼자 하는 거나 다름없다는 불만이 가득했던 게 채원의 속마음이었다. 아무에게도 말하지는 못했지만. 채원은 이럴 바엔 처음부터 임원을 한 명만 뽑는 게 나았을 것 같다는 생각도 종종 하곤 했다.

담임은 조용히 교과서를 덮었다. 몇몇 아이들이 영우의 자리로 다가가 작별의 아쉬움을 나누기 시작했다.

"전학 가도 독수리 오형제는 영원하다. 이제 평온중에 오형제 중 삼형제만 남았네."

"야, 근데 셋은 좀 애매하지 않냐?"

"어쩔 수 없지. 독수리 형제 한 명 더 입양하자."

"쩨쩨하긴, 그게 떠나는 형님 앞에서 할 소리냐?"

독수리 오형제 타령을 하던 태영이는 앉아 있는 영우를 부둥켜안고 엉엉 우는 시늉을 했다.

"너 가면 나 친구 없어서 어떡해. 급식 먹을 때도, 수학여행 갈 때도 혼자 앉아야 되잖아. 엉엉. 오빠, 가지 마~"

영우 못지않은 인싸력을 뽐내는 태영의 걱정을 아무도 진지하게 받아들이지는 않았다. 능청맞은 말투에 오히려 반 아이들의 웃음보가 터졌다.

신화는 무표정한 얼굴로 연습장 모퉁이에 또 빵 그림 하나를 완성해 가고 있었다. 태영의 말을 듣고 있자니 수학여행에 대한 걱정으로 머릿속이 어지러워졌다. 자그마한 한숨이 새어 나왔다.

어수선한 분위기 속에서 앞쪽에 앉은 도연이는 고개를 돌려 벽시계를 확인했다. 그러고는 교과서 뒷부분을 손으로 훑었다. 지난주에도 교육이 있어 한 시간이 빠졌는데 오늘도 수업을 못 하면 다른 반에 비해 진도가 너무 늦어지는 건 아닐까. 시험 기간에 임박해서 진도가 빨라지면 손해 보는 건 결국 우리인데. 도연은 떠들썩한 아이들을 향해 묵직한 눈빛을 보냈다.

인생은 어차피 혼자 사는 거라고 했다. 만남과 헤어짐은 앞으로도 수없이 반복될 텐데, 호들갑스러운 반응을 보이는 아이들의 모습이 이해되지 않았다. 읽고 있던 추리소설을 책상에서 꺼냈다. 활자에 집중할 때면 주위의 소음은 하나도 들리지 않았다.

열다섯 우리,
작은 연대도
소중해

나는 혼자다

- 신화

"빨리, 빨리 좀 골라."

기다리다 지쳐버린 내가 책을 든 도연이의 팔을 치며 재촉했다. 벌써 5분, 아니 10분도 더 지난 것 같았다.

도연이가 책을 보기 시작했을 때 나는 슬그머니 도서실 구석에 있는 거울로 향했다. 여기 거울은 마법처럼 날씬해 보이는 효과가 있어, 앞에 설 때마다 기분이 좋아졌다. 작은 눈을 동그랗게 뜨고 거울을 봤다. 실제 내 얼굴이 이렇게 갸름하다면 얼마나 좋을까. 가방에서 꺼낸 기름종이로 톡톡 이마를 두드렸다. 앞머리를 빗고 색이 흐려진 입술에 다시 틴트를 발랐다.

이 모든 것을 의도적으로 천천히, 정말 천천히 했는데도 도연이는 여전히 책을 고르고 있었다. 재촉하는 내 말에도 짜증 가득한 표정으로 잠시 나를 쳐다봤을 뿐, 아무런 대답도 하지 않았다. 나는 한숨을 푹 내쉬고 벽면에 가득한 책을 바라봤다. 책이 가득한 도서실에서는 언제나 꿉꿉하고 퀴퀴한 냄새가 났다. 이렇게나 책을 좋아하는 도연이가 도무지 이해가 되지 않는다.

이렇게 도연이와는 안 맞는 것투성이지만 떡볶이를 좋아하는 취향만은 정확히 일치한다. 우리는 유행하는 매운 떡볶이보다 살짝 매콤하면서도 달콤한 맛이 나는 떡볶이를 더 좋아한다. 학교 앞에 있는 빛나 분식은 둘이 입을 모아 추천하는 평온동 최고 맛집이다. 이 집의 떡볶이는 어릴 적 엄마가 해주던 맛과 비슷한 것 같기도 했다.

도연이가 책을 고르는 몇 분이 몇 시간처럼 길게만 느껴졌다. 드디어 도서실에서 나온 우리는 출출해진 배를 달래기 위해 빛나 분식으로 향했다. 낙서가 가득한 벽을 등지고 자리를 잡자마자 떡볶이 1인분을 주문했다. 매콤달콤한 냄새가 기분 좋게 후각을 자극해, 입안 가득 침이 고였다.

"건장한 체격의 남자가 걸어가는데 이상하게 오른팔은 별로 흔들리지가 않는 거야."

도연이는 꽤나 흥미로운 이야기를 하는 듯한 표정으로 말을 이어갔다. 하지만 나는 또 무슨 재미없는 이야기를 하려나 싶어 가만히 고개만 들 뿐이었다.

"알고 보니 이 남자가 스파이였어. 언제든지 오른손으로 빨리 총을 꺼내기 위해 훈련된 걸음걸이였던 거지."

어제 책에서 읽은 내용이라며 도연이는 감탄하듯 입을 벌렸다. 도연이의 까만 눈동자가 동그란 안경 속에서 반짝거렸다.

그렇지만 나는 정말 조금도 재미있지 않았다. 도연이는 어떻게 이런 이야기가 재미있다는 걸까. 휴우, 말을 이어가는 도연이 앞에서 대놓고 한숨을 쉬어버렸다. 그리고 고개를 숙여 서비스로 나온 튀김만두와 삶은 계란을 바라봤다. 어느 지점에서 잘라야 정확히 이등분이 될지에 온 신경을 집중할 뿐이었다. 오늘도 정확하게 더치페이를 할 것이다.

"그런데 그 스파이들은……."

"어! 잠깐만!"

나는 집게손가락으로 도연이 입술을 막았다. 스피커에서 틴보이즈의 노래가 나오기 시작했기 때문이다.

내 마음을 알아주는 건 오직 너, 단 하나. 아무런 계산 없이 온 마음으로 너를 사랑하겠어. 네 맘도 나와 같다면. 워우워. ♫

입 속에는 쫄깃한 떡의 식감과 함께 고추장 소스의 달콤함이 맴돌고, 귀에는 고막을 녹여버릴 것만 같은 은후 오빠의 목소리가 속삭이고, 눈을 감으면 날 보며 윙크하는 은후 오빠의 얼굴이 저절로 떠오른다. 이런 순간을 위해 행복이라는 단어가 존재하는 걸까.

나는 살며시 눈을 감은 채 입가에 미소를 지었다. 그때 쨍그랑하며 도연이 목소리가 끼어들었다.

"너 탈덕했다고 하지 않았어?"

떡볶이를 마저 삼키고 천천히 말문을 열었다.

"탈덕이라는 게 그렇게 두부 자르듯 쉬운 게 아니야. 연인이 헤어졌다고 해서 한순간에 좋아하던 마음을 다 지워버릴 수 있는 게 아니거든. 탈덕했어도, 이별했어도 가슴에는 추억이 남는 법이거든."

은후 오빠와 헤어지는 상상을 하자 정말 가슴이 이런 것 같은 느낌이 들었다. 이윽고 어이없어 하는 도연이의 표정을 보고는 나도 모르게 한마디가 툭 튀어나왔다.

"하긴, 너가 뭘 알겠냐."

"뭐래. 지금 나 무시하는 거냐?"

도연이는 눈을 흘기며 물을 한 모금 들이켰다.

"근데 지금 몇 시야? 나 다섯 시까지는 집에 가야 하는데."

나는 휴대폰 화면을 켜서 도연이 쪽으로 흔들었다.

"야! 그렇게 하면 그게 보이냐? 아유, 씨."

도연이의 화난 말투에 너무했나 싶어 다시 휴대폰 화면의 시계가 보이도록 테이블 위에 슬쩍 올려놓았다. 미안하다는 말까지는 하지 않았다.

주머니에서 정확히 1,250원을 꺼내 도연이에게 건넸다. 떡볶이는 1인분에 2,500원이었다. 빛나 분식은 양이 많아 둘이 1인분을 먹어도 충분히 배가 불렀다. 오늘처럼 만두와 계란을 서비스로 주는 날도 많았다.

떡볶이를 먹기로 한 날은 저금통에서 동전을 챙겨 정확히 1,250원을 준비해 온다. 동전이 없다느니 하는 이유로 거스름돈을 받지 못하면 손해를 보게 되기 때문이다. 나는 용돈도 넉넉하지 않고, 할머니 할아버지가 돈이 많은 것도 아니다. 하지만 얻어먹고 다니면 안 된다는 교육을 어릴 적부터 단단히 받았다. 그래서 나는 늘 내 몫은 당당하게 계산한다.

도연이는 내가 건넨 돈을 주머니에 넣고 엄마 카드를 꺼내 계산했다. 분식집 언니가 도연이에게 영수증을 건네주었다. 언니는 친절하지만 가끔은 부담스러울 정도로 사람 얼굴을 빤히 쳐다보곤 한다. 그럴 때면 나는 잘못한 것도 없는데 괜히 얼굴이 붉어진다.

오늘도 언니는 도연이 옆에 서 있는 내 얼굴을 빤히 바라봤다. 고개를 돌리자 정면에서 눈이 마주쳤다. 언니는 하나도 민망하지 않은지 아무렇지 않게 싱긋 웃었다. 나는 어떤 표정을 지어야 할지, 무슨 말을 해야 할지 몰라 입술만 잘근잘근 씹었다. 언니는 우리에게 또 오라고 말했다.

같이 다니더라도 서로 아무 말도 하지 않을 때가 많고, 어쩌다 대화를 주고받다 보면 티격태격 싸우기 일쑤지만, 도연이와 나는 자타공인 단짝이다. 2학년 교실에 들어와 우물쭈물 주위를 둘러보던 사이에 아이들끼리 벌써 그룹이 다 만들어져 버렸다. 말수가 적고 사교적이지 않은 나는 어떤 그룹에도 들어가지 못했는데, 도연이도 마찬가지였다. 어느새 우리는 둘이서 나란히 앉게 되었다.

사실, 도연이와 6학년 때도 단짝이었다. 원하지 않았지만.

5학년 때 전학 와 6학년이 된 나는 여자아이들 중 가장 큰 그룹에 가까스로 합류할 수 있었다. 당시 짝꿍이었던 반장 성주는 나를 잘 챙겨주었다. 일곱 명이었던 우리는 그룹 이름을 '무지개'라 부르며 어디에든 붙어 다녔다. 일곱 명이 함께 다닐 때면 무서울 것도 없었다. 하지만 방과 후 만남이 조금씩 늘어가면서 나는 점점 부담스러워졌다. 학교에서 놀 때와 달리 밖에서 놀 때는 돈이 많이 들었기 때문이다. 그래서 영화를 보거나 노래방에 갈 때는 슬쩍 빠지기 시작했다.

소진이 말에 의하면 그때 아이들은 내가 노래방에 가는 것을 좋아하지 않는 줄 알았다고 한다. 내가 노래방을 얼마나 좋아하는데! 사실 무지개에서 가장 노래를 잘 부르는 사람은 바로 나였단 말이다.

어느 날 무지개에서 가장 목소리가 컸던 성주가 한 명씩 색깔을 정하자는 제안을 했다. 본인은 가장 먼저 빨간색을 골랐다. 곧바로 노란색, 초록색, 보라색, 파란색이 정해졌다.

"난 주황."

눈치를 보다가 뒤늦게 말하는 바람에 간발의 차로 소진이에게 주황색을 빼앗겼다. 소진이가 나보다 더 빠르게 더 큰 목소리로 말했으니 당연한 일이었다. 소진이가 내 얼굴을 빤히 쳐다보며 씨익 웃었다. 그래서 자연스럽게 나는 남색을 맡게 되었다.

하지만 이내 무지개 그룹 아이들과 어울릴 수 없게 되었다. 방과 후

모임에 빠지는 일이 반복되면서 아이들은 아예 나를 제외하기 시작했다. 남자아이들로부터 선생님이 성주에게 나를 챙겨주라고 하셨다는 이야기를 전해 듣고는 고개만 끄덕일 뿐이었다.

무지개가 정말 일곱 가지 색깔을 가진 게 맞는 건지. 남색이 빠진 여섯 색깔의 무지개는 졸업할 때까지 끈끈하게 잘 어울렸다.

친구가 없는 학교생활은 여러 번 반복되어도 결코 익숙해지지 않았다. 몇 시간째 한마디도 하지 않고 연습장에 그림만 그리다가 우연히 주위를 둘러봤을 때였다. 나처럼 혼자 앉아 있는 도연이가 눈에 띄었다. 도연이는 책상 위에 늘 책을 펴놓고 있었다. 그런 도연이에게서는 인간미라는 것이 전혀 느껴지지 않았다. 책 읽기를 즐기고 공부를 좋아하는 인간이라니. 도연이는 애초에 친구를 사귈 생각도 없는 아이 같았다.

그렇지만 우리는 점점 더 가까워졌다. 원하는 대로 자리를 앉으라고 했을 때, 체험학습 가는 날 버스에서, 도시락 먹을 때, 우리가 앉을 곳은 서로의 옆자리밖에 없었기 때문이다.

예상했던 대로 우리는 정말 맞지 않았다. 도연이는 책 읽는 걸 좋아하고 나는 음악 듣는 걸 좋아한다. 나는 책 읽는 도연이를 보고 고리타분하다고 말했고, 도연이는 아이돌 음악을 좋아하며 덕질을 일삼는 나를 보고 한심하다고 말했다. 서로 말이 통할 리 없었다.

중학생이 되어서도 마찬가지였다. 변한 것은 이제 연예인보다는 주위 남학생들에게 더 관심이 생긴 내 모습 정도였지만, 눈치 없는 도연이가 그런 변화를 알아차릴 리 없었다.

그래도 우리는 늘 함께였다. 급식실에 갈 때도 나란히, 운동장에 나갈 때도 나란히. 누가 먼저 말하지 않아도 문득 정신을 차려보면 서로의 옆에 있곤 했다. 언제부턴가 도연이가 도서실에 갈 때는 내가 같이 가주었고, 내가 노래방에 가고 싶을 때는 도연이가 같이 가주었다. 내가 책을 한 권도 읽지 않으면서도 도연이를 위해 함께 도서실에 가주는 대신, 도연이는 노래를 한 곡도 부르지 않고 심지어 내가 고음을 지를 때는 귀를 막기까지도 하지만, 나를 위해 옆자리를 지켜주는 것이다. 그리고 떡볶이를 먹고 싶을 때 서로를 위해 분식집에 가주는 사이. 떡볶이 1인분을 앞에 놓고 속도를 맞춰 비슷한 양을 먹는 사이. 언제나 십 원 단위까지 정확히 공평하게 계산하는 사이. 이렇게 우리 둘의 사이는 철저히 서로의 이익을 위해 이루어진 일대일의 거래 관계였다.

"잘 가라."

분식집부터 아파트까지 오는 동안 우리는 별다른 대화를 나누지 않았다. 그리고 도연이가 사는 평온 1동 아파트 쪽문 앞에 도착했을 때 나는 서둘러 인사를 했다.

"어? 오늘도 단지 안으로 안 갈 거야?"

내가 지난달부터 절대 단지 안으로 들어가지 않는다는 걸 알면서도 도연이는 매번 물었다. 다행히 이유까지는 묻지 않았다. 단지를 대각선 방향으로 통과하면 집까지 훨씬 더 빨리 갈 수 있지만 이제는 안에 들어가고 싶지 않았다.

평온동에 이사 온 지 벌써 3년이 되어간다. 전학을 오자마자 아이들은 내게 어디에 사냐는 질문을 해댔다. 어디서 왔냐는 질문에 대한 대답만 준비했던 내 예상이 완전히 빗나간 것이다. 평온동에 산다는 대답 역시 아이들이 원했던 답이 아니었다.

평온동이 평온 1동과 평온 2동으로 나누어져 있다는 걸 나는 전학을 오자마자 알게 되었다. 1동과 2동을 어떻게 구분하느냐는 내 질문에 아이들은 간단히 '아파트'라고 설명해 주었다. 학교 앞에 있는 대단지 아파트가 평온 1동이고 그 뒤의 내가 사는 주택가가 평온 2동이었다.

그런데 1동에 사는 사람들이 2동에도 학교를 세워 아이들이 서로 다른 학교에 다니게 해야 한다고 시위를 했었다고 한다. 할머니는 그 얘기를 하면서 1동 쪽을 바라보며 쯧쯧 혀를 찼다. 나는 1동에 사는 아이들이 내게 동네를 물어본 이유를 이해할 수 있었다.

다행히 중학교에는 더 멀리서 오는 아이들이 많아져서 초등학교 때보다는 분위기가 훨씬 나았다. 그런데도 주위를 둘러보면 각 반의 1등이나 반장 같은 역할은 여전히 1동에 사는 아이들이 도맡아 하고 있었다.

우리 반 반장 정채원도 마찬가지였다. 정채원은 하얀 피부에 커다란 눈이 매력적인 아이다. 멀리서 봐도 얼굴이 반짝반짝 빛나는 것 같다. 얼마 전 복도에서 채원이가 지나가는 모습을 가까이서 본 적이 있었는데 나도 모르게 침이 꿀꺽 삼켜졌다. 채원이는 초등학교 때부터 인기가 많았다. 내가 남자였어도 분명히 채원이를 좋아했을 것이다.

그리고 아마 채원이네 집도 엄청난 부자일 것이다. 어디 산다고 굳이 말하지 않아도 풍기는 느낌이 있는 법이니까.

게다가 정채원은 성격까지 사근사근한 편이라 친한 애들이랑 무리지어 놀면서도 나나 도연이 같은 애들에게도 항상 친절했다. 매년 압도적인 표 차이로 반장에 당선되는 데에는 다 이유가 있는 것이다.

거울을 보며 틴트를 바르다가 내 얼굴 위로 채원이 얼굴이 보이는 것 같을 때가 있다. 그럴 때면 콧대도 낮고 눈도 조그만 내 모습이 더 부끄럽기만 하다. 예쁜 얼굴을 타고난 정채원은 얼마나 좋을까. 채원이는 넓고 따뜻한 부잣집에서 맛있는 것만 먹으며 살겠지? 단 하루만이라도 정채원으로 살아보고 싶다는 생각을 종종 하곤 했다. 그리고 그 생각은 2학년 올라와서 잠시 동안 훨씬 더 강렬해졌었다.

점심시간에 도연이와 도서실에 다녀오는 길이었다. 교실이 남향이라는 것도, 교실에 햇빛이 환하게 들어올 때가 있다는 것도, 햇빛이 반짝거릴 수도 있다는 것도 처음 알게 된 날이었다.

교실 문을 열고 자리로 들어오는데 창가에 준서가 서 있었다. 그 뒤로 봄 햇살이 비현실적으로 환하게 내리쬐고 있었다. 그 순간 준서의 몸은 슬로비디오처럼 움직였다. 내 자리를 막고 있었다는 걸 뒤늦게 눈치채고는 미안하다면서 의자를 빼주었다. 준서가 머물던 햇살 속에서 달콤한 냄새마저 풍겼다.

맹세하건대 평소에 준서를 눈여겨봤던 건 절대 아니었다. 준서는 반에서 드물게 키가 큰 호감형이긴 했지만 은후 오빠에 비하면 그냥 애송이일 뿐이었다.

그랬던 내가 그 시간 이후 남몰래 준서를 좋아하게 되고 말았다. 은후 오빠에게서 탈덕한 이유가 사실은 김준서 때문이었다. 덕질을 같이 하던 소진이는 탈덕을 선언한 내게 이유를 계속해서 따져 물었지만 사실대로 말할 수는 없었다.

준서도 나한테 관심이 있다고 생각했다. 누군가 의자를 빼준 건 난 생처음이었으니까. 남자가 여자 의자를 빼준다는 건 흔히 있는 일이 아니지 않나. 그날 준서는 내가 자리에 올 때까지 창가에서 기다리고 있었던 건 아닐까. 이런 생각을 할 때면 눈물이 차오를 것 같으면서도 입가에는 미소가 떠오르고 코끝이 간질거렸다.

그날 바로 문구점에 가서 겉이 투명한 초록색 잉크 펜을 구입했다. 꽂혀 있는 펜 중에 한 자루를 집자마자 바로 꺼내어, 써보지도 않고 계산대로 향했다. 집에 오자마자 연습장을 하트 모양으로 오리고 거기에 조그맣게 '준서'라고 적었다. 종이를 돌돌 말아 펜 끝에 안 보이게 넣었다. 백일 안에 잉크를 다 쓰면 사랑이 이루어진다는 이른바 '러브펜'이었다.

커뮤니티에서 본 유의사항은 꼭 나 혼자만 써야 한다는 것. 다른 사람의 손에 절대 닿지 않게 할 것. 사랑을 나눠 이룰 수는 없으니 당연한 규칙이었다.

며칠 뒤 음악 시간이었다. 도연이와 음악실에 갔다가 나 혼자 화장실에 간 적이 있었다. 도연이는 그날도 교실에서 필통을 안 가지고 왔다고 했다. 책을 많이 읽고 공부도 잘하지만, 실상은 이렇게 덤벙거릴 때가 많다.

그런데 화장실에서 돌아와 보니 글쎄, 도연이가 내 러브펜으로 공책에 콩나물을 그리고 있는 것이 아닌가! 나는 도연이 손에 들린 펜을 순식간에 가로챘다.

"왜 그래? 펜 좀 쓰면 안 돼?"

내 얼굴을 보고 도연이는 어쩔 줄 몰라 했다. 무슨 말을 해야 할지 한참을 망설이다가 겨우 입을 열었다.

"정말, 인생에 도움이 안 되는, 조도연."

"펜 좀 빌려 썼다고 그러냐? 아, 진짜 치사하게."

러브펜의 마법이 깨지고 그다음 날, 정말 신기하게도 바로 다음 날, 준서가 채원이에게 고백했다는 소문이 들렸고 교실 뒤에서 둘이 마주 보고 있는 장면을 목격해 버렸다.

아이들은 준서가 채원이를 작년부터 좋아했다느니, 둘이 이미 진도가 많이 나간 사이라느니 하는 말들을 수군거렸지만 아무도 내 러브펜 때문이라는 걸 알아차리지는 못했다.

솔직히 말하면 그 이후에도 한동안 준서를 포기할 수 없었다. 다른 이유로 채원이와 사귀고 있지만 진짜 마음은 나한테 있다고 굳게 믿었다. 이건 잠시 러브펜의 저주가 이어지는 것일 뿐이리라. 준서 옆에 있는 채원이를 볼 때면 가슴 깊은 곳에서 불길이 치솟는 느낌이었다. 채원이가 되고 싶은 마음은 더 간절해졌다.

중간고사 첫날이었다. 그날 수학 시험을 본 내 기분은 역대급 절망이었다. 그때 뒤에서 아이들이 웅성거리는 소리에 돌아보니 준서가 여태 한 번도 보지 못한 표정으로 흥분해 있었다. 태영이 멱살을 잡고 화를 참기 위해 부들부들 떨고 있는 모습이 마치 다른 사람 같았다.

현석이가 준서를 교실 구석으로 데리고 가면서 싸움은 일단락됐다. 태영이 교복 셔츠 위의 목 부분이 벌겋게 달아오른 모습이 보였다.

그 장면을 보고 나서야 나는 준서에 대한 마음을 확실히 접을 수 있었다. 무슨 일 때문인지는 몰라도 그런 표정을 짓는 준서가 무서웠다. 학교에서 그런 표정을 지을 만큼 심각한 일이 있을까. 채원이 역시 나와 비슷한 생각을 했는지 그 사건 뒤 바로 준서를 찼다는 소문이 들렸다. 의외인 건 바로 태영이와 사귄다는 거지만.

도연이와 헤어지고 나서 휴대폰으로 음악을 틀었다. 이제 틴보이즈 팬클럽 회원은 아니지만 은후 오빠를 좋아했던 마음은 플레이리스트에 아직 고스란히 남아 있었다.

내 인생이 마치 용수철 같다는 생각이 들었다. 즐겁거나 재미있는 순간이 있더라도 그것은 아주 잠시일 뿐, 금방 원래 상태대로 우울하게 쪼그라드니 말이다.

누구나 인생에 황금기가 있다면 내게는 그 시기가 작년이었을 것이다. 무지개에서 주황색이었던 소진이와 같은 반이 되어 처음엔 꽤 껄끄러웠다. 그런데 알고 보니 소진이가 틴보이즈 민후 오빠의 팬인 게 아닌가.

4인조 남성 그룹 틴보이즈의 은후 오빠와 민후 오빠는 쌍둥이였다. 메인 보컬 은후 오빠는 사슴 같은 눈망울의 부드러운 인상인데, 래퍼 민후 오빠는 날카로운 야성미를 뽐내는 매력이 있었다. 쌍둥이여도 그렇게 이미지가 다를 수 있다는 게 신기할 따름이었다.

소진이와 나는 한 가족이 된 것처럼 순식간에 가까워졌다. 쌍둥이라 해도 은후 오빠가 형이니까 소진이는 나를 형님이라 불러야 할 것이다. 나는 장난 삼아 소진이를 "동서, 동서" 하고 부르기도 했다.

같은 반에 소진이와 친했던 아랑이, 민정이까지 합세해서 네 명의 그룹이 만들어졌다. 아이돌 음악을 좋아하고 연예계 소식에 심각하게 울고 웃던 우리 넷이 함께했던 시간은 참 행복했다.

노래방에 가면 순서를 정해 한 명씩 노래를 불렀다. 한 명이 노래를 부를 때 나머지 셋은 분위기를 띄우기 위해 미친 듯이 춤을 추었다. 넷이 어깨동무를 하고 거리를 걸으며 틴보이즈의 노래를 큰 소리로 부르기도 했다. 또 학교에서 마음껏 화장을 하지 못하는 게 짜증 난다면서 밖에서는 진하게 화장을 하고 다니기도 했다. 학교에서 멀어질수록 치마 길이는 점점 더 짧아졌다. 무서울 것도, 부끄러울 것도 없던 시절이었다.

반 배정이 달라지자 나를 제외한 세 명은 각자 반에서 또 그룹을 결성했다. 체육복을 빌리러 올 때 말고는 찾아오는 일도 없었다. 어쩌다 복도에서 마주치면 간단한 눈인사 정도만 주고받을 뿐이었다. 이런 일은 사실 초등학교 때부터 익숙하지만. 2학년이 되고 내가 탈덕을 선언했을 때 소진이는 마치 내가 은후 오빠와 이혼이라도 하는 것처럼 심각한 반응이었지만 그때뿐이었다. 소진이 역시 2학년이 되어서는 저스트뉴라는 신인 그룹을 더 좋아하는 것 같았다. 또 새로운 친구들과 어울리며 나에 대해서는 더 이상 관심이 없어 보였다.

작년의 노래방이 너무 그립다. 요즘도 도연이가 같이 가주긴 하지만 그때의 재미에 비할 수는 없었다. 노래가 클라이맥스에 달했을 때 귀를 막는 도연이 모습을 보면 기가 팍 죽어버린다.

오랜만에 작년의 네 명이 있는 단톡방을 열었다. 지난주에 아랑이가 급하게 체육복 있는 사람을 찾은 이후 메시지는 그쳐 있었다.

🗨 우리 담주에 넷이 코노 어때?

어색함을 달래기 위해 눈을 반짝이며 고개를 움직이는 이모티콘을 더했다.

💬 나 지금도 코노인데 ㅋㅋㅋ 울반 애들이랑~

소진이는 작년보다 더 큰 그룹에 들어가 무지개 때처럼 즐거운 시간을 보내고 있는 것 같았다.

💬 오오 나도 조금 전에 코노에서 나왔는데?
💬 간만에 마주칠 뻔했네! ㅋㅋㅋㅋ
💬 학원 있어서 서둘러 가는 중
💬 노래방 좀 작작 다녀라들~

대화가 이어졌지만 내 물음에 대한 대답은 없었다. 나 말고는 아무도 작년을 그리워하는 것 같지 않았다.

친구라는 게 대체 무엇인지, 내게 진정한 친구가 있었던 적은 있는지 의문이다. 껍데기만 같이 다니는 도연이, 같은 반일 때는 가깝게 지내다가 이내 멀어진 소진이, 아랑이, 민정이…… 그 누구도 진정한 친구라고 말하기 어려웠다. 그렇다면 나 역시 누군가에게 진정한 친구가 된 적이 한 번도 없었던 걸까.

집 앞 골목 귀퉁이에 이제 아무도 찾지 않는 공중전화 박스가 눈에 띄었다. 더 이상 누구도 바라보지도 않고 다가가지도 않는, 이 세상에 혼자만 덩그러니 남아 있는 공중전화 박스. 딱 내 신세 같았다.

*

성적표가 나왔다. 나는 성적표를 반으로 접어 노트 사이에 깊숙이 끼워 넣었다. 집에 가서도 꺼내지 않을 작정이었다.

집에 도착했더니 웬일인지 할머니가 나를 불러 앉혔다.

"자, 꺼내봐."

그 순간에는 뭘 얘기하는 건지 금방 떠오르지 않았다. 진심으로.

"학교에서 문자 왔더라. 성적표 꺼내봐."

아뿔싸, 성적표 발송 알림 문자 같은 건 도대체 왜 보내는 걸까. 나 같은 아이들이 나 말고도 많은 걸까. 시험을 못 봐서 가장 속상한 건 다름 아닌 본인이지 않나. 그런데 왜.

나는 다 포기한 심정으로 노트 사이에 끼워놓았던 성적표를 찾아 할머니께 건넸다. 할머니는 돋보기안경을 쓰고 손가락으로 한 줄 한 줄 짚어보시며 한동안 말이 없으셨다.

"100점 만점인데 너 점수는 이렇다는 거잖아?"

생전 처음이었다. 초등학교 때는 받아보지 못한 숫자들이 점수라고 적혀 있어 나도 적잖이 놀랐다. 이것저것 만들어야 되고 체험을 다녀서 귀찮다고 투덜댔던 1학년 시절이 그리웠다.

"혼자 공부하는 게 힘들어서 그러냐?"

"아니야, 할머니. 공부는 원래 혼자 하는 거랬어. 기말고사 때는 진짜 열심히 해볼게."

할머니는 오히려 내게 미안한 표정을 지었다.

"너 잘 키우고 있을 테니 걱정 말고 다녀오라고 내가 니 엄마한테 신신당부했던 기억이 나서 그래. 너 잘못되면 엄마는 맘이 어떻겠냐? 그리고 나도 미안해서 못 살아."

고개를 들 수가 없었다. 하지만 이렇게 엄마와 할머니의 입장만 들먹거릴 때면 조금씩 반항심이 올라왔다. 내가 공부를 해야 하는 이유, 내가 잘 살아야 하는 이유는 다른 누구도 아닌 나를 위한 것이어야 하지 않을까. 나는 엄마와 할머니를 위해 잘 지내야만 하는 존재인 걸까.

나의 실체를 알게 되면 할머니는 어떤 반응을 보일까. 지금 할머니 표정은 그 어느 때보다 심각해 보였다. 그저 이 상황에서 빨리 벗어나야 할 것 같아 조그맣게 입을 열었다. 했던 말을 반복할 뿐이지만.

"기말고사 때는 진짜 열심히 할게."

"이 정도면 반에서 몇 등 정도 되는겨?"

할머니는 항상 등수를 중시했다. 어릴 때부터 내가 무슨 말만 하면 등수를 물어보곤 했다. 미술 대회에서 작은 상을 받아왔을 때도 같은 질문이었다. 한 번도 1등이란 것을 해본 적 없는 나는 잘하는 게 하나도 없는 것이 사실인가 보다.

청소하는 도연이를 기다리면서 쭈뼛거리다가 주위에 아이들이 없는 틈을 타 담임 옆으로 다가갔다. 담임과 가까이서 이야기하는 건 처음이었다. 나는 이런 상황이 소름 돋을 만큼 불편하다. 누군가에게 관심을 받아본 적도 별로 없지만, 그걸 원하지도 않았다.

"저, 반 등수를 좀 알 수 있을까요?"

얼떨결에 교무실로 자리를 이동하면서까지 상담이 이어져 버렸다. 할머니가 담임한테 전화를 하는 상황만은 반드시 막아야 하니 어쩔 수 없었다. 오늘 반 등수를 알아 오지 않으면 할머니가 직접 전화해서 물어보신다고 했다. 생각만 해도 끔찍했다.

"신화야, 이번 시험 어땠어?"

담임은 불필요한 질문으로 운을 뗐다. 내게 고정된 담임의 시선을 느끼며 벌게진 얼굴로 대답했다.

"공부를 많이 못 한 것 같아서 기말고사 때는 열심히 해보려고요."

담임은 싱긋 웃으며 고개를 끄덕였다. 내 어깨를 톡톡 치더니 말했다.

"그래. 특히 주요 과목들은 지금 놓치면 절대로 안 돼. 아직 늦지 않았으니까 신화 말대로 기말고사 때는 정말 열심히 한번 해보자."

국어 선생님이 어떻게 이런 동문서답을 할 수 있을까. 나는 분명히 등수를 물어봤단 말이다. 윗입술을 살짝 물었다 놓으면서 다시 한번 나의 의도를 분명히 했다.

"그래서 선생님, 저 반에서 몇 등이에요?"

"아, 그건 몰라. 등수는 나오지도 않고 일부러 계산하지도 않을 거야. 우리 반 아이들을 등수대로 순서 매길 이유도 없고. 성적표에 나와 있는 과목별 평균이랑 신화 점수 비교해서 대략 위치 파악해 보고, 다음엔 그것보다 더 잘할 수 있게 노력하면 되는 거야. 친구들이랑 비교하기보다는."

이 말을 할머니가 들었어야 하는데.

"그래도 할머니가 반 등수를 꼭 알아 오라고 하셨는데요."

"내가 전화해서 말씀드릴까?"

말이 끝나기 무섭게 두 손을 가슴 앞까지 들어 거세게 저었다.

"아니, 아니요. 제가 잘 말씀드릴게요."

학교에서의 내 태도에 대해 담임이 뭐라고 이야기할지 덜컥 겁이 났다. 집중하지 못하고 수시로 창밖을 바라보다가 지적당하던 모습이나 책상 위에 칼로 새긴 은후 오빠 이름을 할머니가 알게 되면? 절대 그런 일은 막아야 한다.

올해 담임은 친절한 편이라 아이들 사이에서 인기가 좋았다. 하지만 나는 별로 마음이 가지 않았다. 푸근하게 웃는 사람들은 오히려 가식적으로 보인다. 숨기고 있는 발톱을 언제 드러낼지 모르니 조심해야 한다.

할머니에게서 받은 전단지 맨 위에는 '저소득층 자녀들을 위한 공부방'이라고 크게 쓰여 있었다. 나는 그걸 보자마자 절대 가지 않겠다고 발을 굴렀다. 정말 너무 싫어서 방에 드러누워 발버둥까지 쳤다.

저곳에 다닌다는 건 우리 집안 형편이 어렵다는 걸 소문내고 다니는 셈이었다. 갔다가 같은 학년 누구라도 만난다면, 정말 끔찍했다.

나는 이틀 동안 할머니와 말을 하지 않고 마주칠 때마다 눈을 흘겼다. 하지만 할머니는 고집도 세고 정말 말이 통하지 않는 성격이었다. 할아버지는 내게 한 번 더 기회를 주자고 할머니를 말리기도 했지만 할머니는 끝내 뜻을 굽히지 않았다. 명문대 학생들이 상주하며 질문도 받아주고 수업도 해준다는 이 혜택을 도대체 왜 받지 않겠다고 하는 거냐며, 오히려 내가 이해되지 않는다고 했다.

"니 엄마는 그 착실하고 기특한 애가, 어린 나이에 혼자가 돼서, 너 하나 잘 키워보겠다고 그 멀리서 그렇게 공부하고 있는데, 너는 이게 뭐냐. 매일 그림이나 그리고 앉아 있고, 너 그 연예인 좋아하는 거 내가 모를 줄 아냐? 왜 정신을 못 차리고 그러고 살어?"

결국 할머니는 내게 쌓아놨던 말들을 터뜨려버렸다. 반감이 들었지만 막상 대들 수는 없었다. 실제로 내 책에는 여백마다 그림이 빼곡했다. 솔직히 책을 펼치고 하는 생각이라고는 은후 오빠, 얼마 전까지는 김준서가 전부였다. 사랑을 잃어버린 요즘은 그냥 멍……. 나도 내가 왜 이러는지 정말 알 수 없었다. 엄마는 학창 시절에 착실한 모범생이었다는데, 내가 팬클럽 활동까지 했다는 걸 알면 얼마나 놀랄지.

공부방은 빛나 분식 건물 3층에 있었다. 한 번만 둘러보고 정말 아니다 싶으면 바로 나올 생각으로 슬쩍 문을 열었다. 문 앞에 놓인 디퓨저에서 유칼립투스 향이 은은하게 퍼지고 있었다. 독서실 같은 분위기였다. 자리마다 칸막이가 있었고 할머니가 말한 명문대 학생은 문 앞에 앉아서 조용히 자기 공부를 할 뿐이었다. 고등학생 세 명과 3학년 언니 한 명이 간격을 충분히 둔 채 앉아 있었다.

구석에 슬그머니 자리를 잡았다. 공부방에 있다가 늦었다는 말만으로도 할머니 마음은 훨씬 편해질 것이다. 어차피 집에 가서 다이어리를 꾸미고 음악을 들을 바엔 여기서 하는 것도 나쁘지 않겠다 싶었다.

방해하는 사람이 없으니 집에서보다 더 열중할 수 있었다. 색색의 펜을 꺼내 다이어리를 꾸미고 음악을 들으며 노래 가사를 적었다. 중간에 작은 그림도 여럿 그려 넣었다. 다이어리는 가득해지는데 마음은 휑한 느낌이었다.

나는 요즘 힘들다..정말 힘들다. 겨우 도연이랑만 대화를 주고받는 학교생활은 정말 재미없다. 마음을 나눌 수 있는 친구가 있었으면 좋겠다. 집에 온다고 한들 할머니, 할아버지와도 점점 더 말이 통하지 않았다. 이전처럼 열렬한 마음으로 은후 오빠를 좋아하는 것도 아니었고 더 이상 김준서를 좋아하지도 않았다. 게다가 공부도 못한다. 화장품을 실컷 살 만큼 돈이 있지도 않다. 갑자기 울컥해서 눈물을 감추기 위해 엎드렸다. 뺨 위로 눈물이 한줄기 흘러내렸다. 좀 전에 다이어리에 그린 분홍색 하트가 눈물에 번지고 있었다.

"오늘 떡볶이 먹으러 갈 수 있냐?"

"어? 나 오늘 돈 없는데."

공부방에 가기 전에 떡볶이를 먹고 싶었다. 하지만 돈을 안 가져왔다는 도연이 말에 바로 포기했다. 혼자 먹을 수도 있겠지만 분식집에 혼자 앉아 있을 자신은 도무지 없었다. 더구나 학교 앞 분식집에서? 정말 있을 수 없는 일이다. 도연이에게 떡볶이를 사준다는 것 역시 처음부터 선택지에 없었다.

오늘도 다이어리에는 힘들고 외롭다는 내용의 속마음이 채워지고 있었다. 다섯 시가 다가오자 배에서 꼬르륵 소리가 났다. 주위를 둘러봤지만 아무도 신경 쓰지 않는 것 같았다. 배가 고파서 일찍 왔다고 하면 할머니도 나무라지는 않을 것이다.

보슬보슬 비가 내리는 봄날의 저녁이었다. 나는 비 오는 날을 좋아한다. 비 내릴 때 나는 냄새, 고소하면서도 어딘가 향긋한, 그 냄새가 좋다. 또 우산 위로 빗방울이 떨어지는 토도도독 하는 소리가 좋다. 배고픈 것도 잊고 이런 봄비를 느끼며 마냥 걷고 싶은 마음이었다.

할아버지가 사준 샛노란 우산을 활짝 폈다. 분식집에서는 애들이 왁자지껄 떠드는 소리가 흘러나왔다.

2동으로 향하는 횡단보도에서 신호등을 기다리고 있을 때였다. 건너편 골목길에서 검은 우산을 쓰고 반바지에 슬리퍼를 신은 남자가 비닐우산을 한 손에 들고 큰길 쪽으로 내려오고 있었다. 꽤나 급한 듯이 발길을 서두르는 모습에, 무슨 사연이 있을까 궁금해서 자꾸만 시선이 갔다.

마트 앞을 걸어가고 있을 때였다. 건물 귀퉁이에서 비를 피하고 있던 할머니가 남자에게 고맙다는 말을 연신 전했다.

"아휴, 아니에요, 할머니. 집에 우산이 많아서요. 안 주셔도 되고요. 비 맞지 말고 조심해서 들어가세요."

나도 모르게 우산을 든 손이 멈칫했다. 익숙한 목소리였다. 우산을 살짝 들어 옆 눈으로 봤다. 우리 반 이현석이었다. 현석이는 웃을 때면 이빨이 몽땅 다 보일 만큼 입을 크게 벌리곤 했다. 눈이 마주칠까 싶어 얼른 우산을 깊이 내려 얼굴을 가렸다.

집에 오자마자 국에 밥을 말아 먹고 방에 들어와 창문을 조금 열었다. 열린 틈 사이로 내가 좋아하는 비 냄새가 솔솔 들어왔다. 현석이는 무슨 일로 그렇게 뛰어와 할머니께 우산을 준 걸까. 평소 아는 할머니일까. 아니, 그런 것 같지는 않았다. 그러면 모르는 할머니한테 자기네 집에 있는 우산을? 왜, 무슨 이유로?

현석이는 키가 큰 편도 아니었고 얼굴이 그리 잘생기지도 않았다. 반전이 있지 않는 한 공부를 그렇게 잘하지도 않을 것이다. 아이들이 무슨 말을 하면 이빨이 몽땅 다 보일 만큼 입을 크게 벌려 웃는 게 특징이었다. 직접 대화를 나눠본 적은 없지만 나도 그 웃음을 몇 번 본 적이 있었다. 비 냄새를 맡으며 현석이의 웃음을 떠올리는데 왠지 모르게 미소가 지어졌다. 현석이처럼 입이 점점 더 크게 벌어졌다.

색깔 있는 펜을 이것저것 바꿔가며 다이어리를 꾸몄지만 갈수록 적을 내용이 없어졌다. 손가락을 하나씩 접어가며 숫자를 세고 또 다시 세보았다. 엄마가 돌아올 날이 가까워지고 있었다. 열심히 공부하고 돌아오겠다고 말하며 떠나던 엄마 모습이 눈에 아른거렸다. 기다릴 수 있다고 말하면서도 눈물보가 터져서 집 앞에 있는 공중전화 박스까지 따라 나와 떼를 쓰던 어린 시절 내 모습…….

엄마와 다시 살 수 있다고 생각하니 웃음이 지어졌다. 노란색 펜을 들고 다이어리에 웃는 얼굴을 그리기 시작했다. 더 기쁜 것처럼 입을 크게 그렸다. 그림처럼 입꼬리가 점점 올라갔다. 어느 순간 내가 그린 얼굴에 현석이의 웃는 얼굴이 겹쳐 보였다. 깜짝 놀라 펜을 내려놓고 손가락으로 그림을 쓱쓱 문질렀다. 잘 웃는다는 건 아마도 현석이 같은 사람한테 하는 말일 것이다. 웃으면 복이 온다는데 현석이는 복을 많이 받겠구나. 좋겠다. 쳇, 부러운 마음이 들었다.

오랜만에 늦은 시간까지 공부방에 있다가 나오는 길이었다. 아홉 시가 다 되어가자 그제야 빛나 분식도 조용해진 느낌이었다. 무심코 가게 안을 들여다보며 나오다가 언니와 눈이 마주쳤다. 민망한 마음에 얼른 고개를 돌리고 건물 밖으로 걸음을 재촉했다.

"신화야!"

나를 부르는 소리에 깜짝 놀라 걸음을 멈췄다. 내 이름을 어떻게 아는 거지? 천천히 고개를 돌리며 놀란 표정을 지었다.

"저, 저요?"

언니는 활짝 웃으며 들어오라는 손짓을 했다.

"제 이름을 어떻게……."

"아, 놀랐구나. 미안. 여기 명찰 있잖아."

언니는 내 가슴팍에 붙은 명찰을 손가락으로 가리켰다.

"괜찮으면 뭐 좀 먹고 갈래?"

"아니에요. 시간도 늦었고……."

언니는 머뭇거리는 내 손을 덥석 잡았다. 급식을 먹은 이후 아직 아무것도 안 먹었기에 몹시 배가 고프기는 했지만, 돈도 하나도 없었고 늦은 시간이라 해도 혼자 앉아 먹을 수도 없었다. 하지만 떡볶이의 매콤달콤한 냄새에 침샘이 폭발하며 뱃속에서는 꼬르륵 소리가 울려 퍼졌다. 내가 멋쩍은 표정을 짓자 언니는 콧소리를 내며 웃었다.

"오늘 음식이 좀 남았는데 그거 줘도 될까? 대신 돈은 안 받을게."

언니의 손이 바쁘게 움직이기 시작했다. 통통한 김밥을 한 줄 꺼내 참기름을 바르고 먹기 좋게 썬 뒤에 통깨를 듬뿍 뿌렸다. 꼬치 어묵이 담긴 국물과 김이 모락모락 올라오는 떡볶이까지 한 상 가득 차려진 모습을 보자 침이 꿀꺽 삼켜졌다. 젓가락은 들었지만 그냥 먹어도 될지 망설여졌다. 언니가 앞에 의자를 빼고 앉았다.

"혼자 먹기 싫어서."

못 이기는 척 따라 먹기 시작했다. 역시 빛나 분식은 평온동 최고 맛집이다.

"요즘은 공부방 다니나 봐?"

"네."

"오늘은 평소보다 늦게까지 공부했다?"

공부방에서의 행동까지 언니가 알고 있을지 모른다는 생각이 들자 얼굴이 화끈 달아올랐다. 내 반응에 언니는 혀를 살짝 깨물었다.

"부담스러웠으면 미안. 맛있게 먹어. 김밥 한 줄 더 내올게."

모르는 사람과 마주 보고 무언가를 먹는 건 처음이었다. 김밥을 더 가져온 언니는 다시 앞에 앉아 바쁘게 식사를 하기 시작했다. 어느 정도 배를 채우고는 다시 입을 열었다.

"나는 어릴 때부터 제일 좋아했던 음식이 김밥이랑 떡볶이였거든? 그런데 이 떡볶이를 어떻게 만들어야 맛있을지 그게 참 너무 어려운 거야. 그러다가 친구가 만든 떡볶이를 우연히 먹게 됐는데 정말 눈이 번쩍 뜨였어. 그래서 이 레시피로 분식집을 차리고 싶다고 하니까 주위 사람들이 그러는 거야. 아무리 좋아하는 음식도 하루 종일 보고 냄새 맡으면 지겨워질 거라고. 그런데 난 아직도 김밥이랑 떡볶이가 제일 맛있어. 매일 먹지는 못하겠지만."

언니는 입가에 묻은 떡볶이 소스를 휴지로 닦으며 웃었다. 그 미소에 갑자기 마음이 풀려서 덩달아 대답이 길어졌다.

"저도 떡볶이 제일 좋아해요. 특히 빛나 분식 떡볶이요. 정말 최고예요. 뭔가 추억의 맛처럼 느껴지기도 하고요."

어머, 하며 박수를 치더니 언니는 환하게 웃었다. 감사 인사라면서 냉장고에서 음료수를 꺼내 줬다.

"이렇게 많이 주셔도 돼요?"

"그럼. 우리 단골손님인데."

달콤한 음료수가 기분 좋게 넘어갔다.

"신화, 2학년 되고 힘들지?"

"어떻게 아셨어요?"

언니는 다시 내 명찰을 손가락으로 가리켰다.

"그 명찰, 학년별로 색깔 다른 거 몰랐어?"

처음 듣는 사실이었다. 나는 교복 가게에서 달아준 대로 입고 다녔을 뿐.

"신화도 작년에는 별로 안 왔잖아. 이상하게 그렇더라고. 1학년 학생들은 2학기 좀 지나야 친구들끼리 떡볶이를 먹으러 오더라고."

작년에는 떡볶이보다 노래방이었기에 학교가 끝나면 노래방이 있는 시내로 나가는 날이 많았다. 학교 근처에는 있기도 싫다면서. 그 시절이 벌써 꿈같이 아득하게 느껴졌다.

"학교 앞에 있다 보니까 애들이 떡볶이 먹으면서 하는 얘기도 많이 듣고, 그러면서 옛날 내 생각도 많이 나고 하거든. 아이들이 얼굴은 웃고 있어도 맨날 힘들다, 힘들다 그러는데, 나도 예전엔 뭐가 그리 힘들었는지 맨날 힘들다 힘들다, 입에 달고 살았던 기억이 나거든. 따지고 보면 지금이 훨씬 더 힘든데, 그땐 그저 좋기만 했던 것 같은데, 막상 그때의 나는 맨날 힘들다 힘들다……."

나도 모르게 언니의 '힘들다' 소리를 따라 하다가 피식 웃어버렸다. 도연이와 떡볶이를 먹으면서 나눴던 대화 중에도 힘들다는 말이 있었던 것 같다.

"우리 종종 저녁 같이 먹자. 매일 와도 되고. 공부하다가 잠깐 내려와도 되고."

"그래도 돼요?"

"당연하지. 너는 같이 먹어주는 역할이니까 부담 갖지 말고, 알겠지?"

허리를 숙여 인사하고는 빛나 분식을 나섰다. 두 발자국 정도 가다가 한 가지는 확실히 해야 할 것 같아 다시 분식집으로 향했다. 잠시 망설이다가 문을 열었다.

"저기 언니, 언니 이름이 빛나예요?"

언니는 상을 치우다가 나를 올려다보고는 웃는 얼굴로 대답했다.

"응. 빛나. 왕빛나. 재밌는 이름이지?"

수학여행이 가까워지고 있었다. 쉬는 시간마다 아이들이 춤 연습을 하느라 사방에서 노랫소리가 들리는데도 도연이는 조용히 책만 읽고 있었다. 이런 도연이와 함께하는 수학여행이라니, 한숨이 절로 나왔다.

수학여행은 유일하게 사복을 입을 수 있는 기회였다. 다음 주면 지금보다 날씨도 더 따뜻해질 테니 그동안 억눌렸던 멋쟁이 본능을 맘껏 펼칠 수 있을 것이다. 도연이 옆에 엎드려 연습장을 꺼내, 옷장에 있는 옷들을 쭉 나열해 보기 시작했다. 옷의 모양을 떠올리며 그림으로도 그려보았다.

상의- 흰색 나이키(겨드랑이 부분 누레짐), 검정색 꽃무늬(목이 늘어남), 노란색 …

하의- 긴 바지 진청(더울 듯), 미니 청치마(일진 같아 보이려나), 검정색 반바지(길이가 어

느 정도였더라?) …

신발- 필라 운동화, 검정색 쪼리(신어도 되나?)

작년 같았으면 소진이와 고민을 공유하다가 어떻게든 옷을 한 벌 장만하자고 야단을 떨었을 것 같다. 이런 날이야말로 옷을 살 수 있는 기회이기도 하니까. 메모를 훑어보다가 도연이를 힐끗 쳐다봤다. 책이 재미있는지 살짝 미소까지 띠고 있었다. 고개를 가로젓고는 다시 엎드려 의미 없는 그림을 그리고 있을 때였다.

누가 내 책상을 톡톡 두드렸다. 채원이었다. 채원이는 내게 분홍색 메모지로 접은 쪽지를 건네줬다. 그러고는 아무 말도 하지 않고 재빨리 자리로 돌아갔다. 어리둥절한 나는 도연이를 바라봤다. 도연이 역시 멍한 표정으로 영문도 모른 채 나를 바라보고 있었다.

열다섯 우리,
작은 연대도
소중해

나는 우리 집의
미운 오리 새끼

- 채원

좀처럼 잠이 오지 않았다. 상담 선생님의 물음이 귀에 맴돌았다.

"돌아가고 싶은 시간이 있니?"

사실 이전에도 여러 번 해봤던 생각이었다. 정말 타임머신이라는 게 있다면, 과거로 돌아가는 일이 가능하다면, 나는 내가 태어나기 이전까지, 내가 엄마 몸속에 세포로도 존재하기 이전까지 죽을힘을 다해 거슬러 올라갈 것이다.

나는 상담 선생님을 보고 잠시 입을 열었다가 바로 다시 닫았다. 작년에 상담을 하다가 '죽고 싶다'는 말을 솔직히 한 적이 있었다. 비밀 보장의 원리라나 뭐라나 그런 게 나한테도 당연히 적용될 줄 알았지.

하지만 상담이 끝나자마자 엄마는 그 말을 전해 들었다. 그날 엄마는 밤새도록 나를 껴안고 같이 죽자며 울부짖었다. 최악이었다. 나는 이제 절대로 상담 선생님한테도 내 속마음을 털어놓지 않겠다고 다짐했다. 그럼에도 엄마 마음의 안정을 위해 매주 센터에 다니고 있으니 이런 시간이 얼마나 무의미한지.

사람들은 나를 보고 태어났음에 감사해야 한다고 말했다. 몇천 분의 일, 몇만 분의 일, 그 이상의 확률로 이 세상에 태어날 수 있었던 거라고.

매년 어버이날이 다가오면 학교에서는 부모님께 편지를 쓰라고 강요했다. 어디선가 본 레퍼토리대로 "감사합니다", "사랑합니다" 같은 문구들을 늘어놨지만 한 번도 진심을 털어놓을 수는 없었다. 더구나 반장의 편지는 대표로 전시가 되는 일도 가끔 있었기에 더욱 조심해야 했다.

그렇게도 희박한 확률로 도대체 왜 내가 태어나야 되는 건데? 나의 바람과는 상관없이 왜 나의 존재가 만들어진 건데? 차라리 처음부터 태어나지 않았다면 얼마나 좋을까. 한 줄기 눈물이 베개 위로 스며들었다.

그때 언니가 집에 들어오는 소리가 들렸다. 열두 시가 넘었지만 엄마는 거실에 앉아 언니가 들어오기를 기다리고 있었다.

"피곤하지? 우유라도 한 잔 데워줄까?"

"아니야. 엄마도 이제 자."

"의대 공부가 만만치 않지……."

이어지는 엄마의 말에 언니의 대답은 들리지 않았다. 방문을 닫고 있는데도 엄마가 무슨 말을 하는지 다 알 수 있었다. 매일 반복하는 같은 얘기. 의대 공부가 어려운데 고생한다, 그래도 너는 잘할 수 있을 거야, 귀찮다고 끼니 거르지 말고 잘 챙겨 먹어라…….

언니는 타고난 모범생이었다. 어려서부터 모든 방면에 두각을 드러냈다고 한다. 초등학교 1학년 때 공개 수업에 갔는데 초롱초롱한 눈으로 선생님 말에 집중하는 언니 모습밖에 안 보이더라고. 그 눈빛을 본 순간 엄마는 언니가 뭘 해도 하겠다는 느낌을 분명히 받았다고 한다.

언니는 12년의 학창 시절 동안 단 한 번도 반장 자리를 놓쳐본 적이 없으며 전교 1등을 밥 먹듯이 했다. 그 흔한 실수나 일탈 한 번 하지 않았다. 평온동 주민들의 관심과 기대를 한 몸에 받으며 성장한 언니는 보란 듯이 수능 만점으로 보답했다.

수능 성적표가 나오던 날, 동네에는 기자들이 가득했다. 학교 선생님들은 언니가 그동안 얼마나 훌륭한 학생이었는지 하나 마나 한 말들을 인터뷰했고, 엄마는 준비하고 있었다는 듯이 언니의 어린 시절 사진과 성적표들을 꺼내 보여줬다. 수능을 잘 본 건 언니인데 사람들은 엄마를 더 부러워했다.

길을 걷다가 고개를 들면 언니 이름이 쓰인 현수막이 자랑스럽게 펄럭이고 있었다. 내가 언니 동생인 걸 주위 사람들이 눈치챌까 봐 발걸음을 재촉해야만 했다. 자꾸만 고개가 숙여졌다.

언니의 존재는 생각보다 많은 영향을 미쳤다. 누군가는 부럽다며 언니 뒷바라지만 잘해도 평생 먹고살겠다는 말을 하기도 했다. 또 다른 누군가는 내가 왠지 불쌍하다며 어깨를 토닥여 주기도 했다. 학교 선생님들은 내가 언니 동생이라는 것을 알고 나면 몹시 반가워했고, 자연스레 내게도 언니의 성적과 태도를 기대하기도 했다.

문제는 언니와 내가 조금도 닮지 않았다는 점이었다. 같은 배에서 나왔다는 게 믿기지 않을 만큼 언니와 나는 달랐다. 외모도 성격도 전혀 비슷하지 않았다. 또 엄마가 가장 중요하게 생각하는 성적이, 언니와 나는 천지 차이였다. 그저 이름이 닮았을 뿐.

그런 언니와 친하게 지낼 수 있을 리 없었다. 언니와 내가 데면데면한 모습을 보일 때면 어른들은 나를 꾸짖었다. 동생이 붙임성 없게 행동한다며 무조건 내가 잘못이라고 했다. 하지만 나는 언니와 친하게 지내고 싶은 마음이 조금도 없다.

대학생이 된 언니는 이전보다 더 학업에 열중하는 것 같았다. 매일 열두 시가 넘어서야 겨우 집에 들어왔다. 언니와 나는 분명히 다른 종류의 생명체일 것이다. 그러므로 나는 도저히 언니처럼 살 수 없다.

성적표가 나온 날 모처럼 아빠가 일찍 퇴근했다.

"채원이 성적표 좀 보세요."

엄마는 한숨을 푹 내쉬며 아빠에게 내 성적표를 던지듯 건넸다. 아빠가 오기 전까지 이미 충분히 혼난 나는 눈이 띵띵 부어서 방문 앞에 서 있었다. 다행히 아빠는 엄마보다 성적에 관대한 편이었다. 그동안 시험을 못 봤을 때마다 다음에 잘하면 된다고 나를 토닥여 주곤 했다. 그런데 그 '다음'이란 과연 언제일까. 내게도 그런 날이 있을까.

"채민이는 하나도 속 썩이지 않고 저렇게 잘 컸는데, 쟤는 도대체 왜 저런지. 학원 보내줘, 과외 시켜줘, 공부하기 좋은 환경 만들어준다고 안방까지 내줬는데."

말없이 성적표를 주시하는 아빠 앞에서 엄마는 가슴을 치며 말했다.

"우리 언니네 애들, 그리고 큰집, 작은집 다 둘러봐도 쟤처럼 공부 못하는 애가 아무도 없는데, 우리 집안에서 이런 성적표가 나온다는 게 말이나 돼요?"

성적표를 보고 있는 아빠의 표정이 차츰 더 안 좋아졌다. 엄마 목소리가 점점 더 커졌다.

"아휴, 내 팔자야. 영어 유치원도 제일 오래 다니고 그 비싸다는 특강도 다 듣게 했는데, 쟤한테 들인 돈이 지금까지만 해도 얼만데. 도대체 쟤는 누굴 닮아서 저런 건지 모르겠어요."

엄마 말을 더 듣고 있을 수 없어 문을 쾅 닫고 안방으로 들어왔다. 엄마 머리 닮았겠지 누굴 닮았겠어, 아빠 닮았으면 나도 언니처럼 공부 잘했을 텐데. 오래전부터 해왔던 생각이 입가에 맴돌았지만 차마 말할 수 없었다. 이 말은 아깝게 의대 진학에 실패했다는 엄마의 콤플렉스를 건드리는 말일 것이다.

하지만 엄마 머리를 닮았다면 서울 상위권 대학에 갈 만큼의 성적은 받아야 하지 않을까. 나도 의문이다. 나는 도대체 왜 이런 걸까. 엄마 말대로 어릴 때 영어 유치원에도 오래 다녔다. 제일 잘나간다는 과외 선생님한테 논술을 오랫동안 배우면서 나름대로는 책도 많이 읽었다. 수학도 과학도 우리나라 최고라는 선생님한테 넘칠 만큼 많은 수업을 들었다.

엄마는 걸핏하면 언니와 나를 비교했고 속상해했다. 나는 초등학교 고학년이 되면서부터 엄마와 마주칠 때마다 싸우곤 했다. 엄마는 내가 공부도 못하면서 사춘기만 빨리 와, 벌써부터 말을 안 들으니 큰 문제라고 했다.

얼마나 지났을까. 아빠가 방문을 열고 들어오더니 침대에 걸터앉았다. 퇴근한 아빠에게선 언제나 소독약 냄새가 풍겼다.

"채원아, 이번 시험 준비할 때 공부를 어느 정도 했니?"

평소와 달리 낮게 깔린 아빠의 목소리에 학업의 무게감이 고스란히 느껴졌다.

"하라는 건 다 했잖아! 학원도 다니고, 과외도 안 빠지고. 나도……."

하라는 건 정말 다 했다. 내 마음대로 한 건 하나도 없었다. 공부를 못하고 싶은 사람이 누가 있을까. 나도 정말 공부를 잘하고 싶다고 속마음을 이야기하려 하자 목이 콱 막혔다. 아빠는 한숨을 푹 내쉬더니 말했다.

"그래, 시험 끝났으니 일단 좀 쉬고 친구들이랑 놀기도 하고. 그러면서 점수가 왜 이런지 과목별로 원인을 찾아서 대책을 한번 세워보자."

아빠는 웃기지도 않은 말을 하며 애써 웃어 보이더니 거실로 나갔다. 거실에서 아빠와 엄마가 주고받는 말들이 들려왔다.

"지금 바로 기말고사를 준비해도 모자랄 판에 애한테 그렇게 말하면 어떡해요? 쟤가 채민이 같은 줄 알아요? 쟤는 놀고 쉬라고 하면 평생도 놀고 쉴 것 같은 애예요."

"그만 좀 해요. 채원이 이제 겨우 중2예요. 벌써부터 그렇게 공부 스트레스 주면 애가 숨 막혀서 어떻게 살아요."

"쟤처럼 머리 나쁜 애는 남들보다 두 배, 세 배로 열심히 해야 그나마 결과가 나온다니까요! 그런데 그냥 쉬라고요? 당신, 생각이 있어요? 내가 공부, 공부 하는 것도 다 채원이 위해서잖아요. 벌써 중학교 2학년인데 채민이 하는 절반만이라도 해야 될 거 아니에요?"

"자기가 느끼고 깨달으면 다 할 텐데, 스트레스 주지 말고 좀 놔둬요."

"그러는 사이에 다른 애들 다 기초 쌓고 목표를 향해 갈 텐데 채원이만 그냥 놔두라고요?"

엄마와 아빠가 다투는 소리가 끊이지 않았다. 나는 베개에 얼굴을 파묻고 버둥거렸다. 역시 나는 처음부터 태어나지 말았어야 했다.

"채원아, 잠깐 보자."

담임 선생님 호출이었다. 시험 성적에 관한 내용일까 싶어 간이 콩알만 해졌다. 사람들은 반장이라고 하면 당연히 공부도 잘하는 줄 알았다. 특히 담임 선생님 입장에서는 공부 잘하는 똑똑한 반장이 필요

할 것이다.

다른 선생님들과 달리 올해 담임 선생님은 아직 내게 언니 얘기를 한 번도 꺼내지 않았다. 먼 동네에서 와서 아직 이 동네 수능 만점자를 모르는 것이리라.

"다음 주에 우리 수학여행 가잖아."

안도의 숨이 내쉬어졌다. 입가에는 살짝 미소를 짓고 눈은 더 동그랗게 뜬 채로 담임 선생님을 바라봤다. 공부는 못하더라도 예쁨 받는 반장이 되고 싶다.

반장이 되는 건 공부하는 것보다 쉬웠다. 초등학교 때는 언니의 영향도 있었겠지만 중학교부터는 오로지 내 능력이다. 나는 반장으로서 학급을 위해 할 수 있는 일이 뭐가 있을지 늘 주위를 살핀다. 또 모든 친구들에게 언제나 친절하게 행동한다. 선생님들께도 항상 예의 바르게 행동하기 위해 노력한다. 이렇게 친절하고 예의 바른 나를 싫어하기는 쉽지 않을 것이다.

"내일 조회 시간에 수학여행 방을 배정하려고 해. 네 명씩, 그런데 우리 반 여학생이 열다섯 명이라, 한 방은 세 명이 써야겠더라. 채원이가 명단 정리 좀 해줘."

"엇, 선생님, 다섯 명이 한 방은 안 되나요? 딱 한 방만요."

두 손을 모으고 애교를 부려봤지만 선생님은 온화하면서도 단호한 태도로 거절했다. 방마다 침구 세트가 정확히 네 개밖에 없고 방이 좁아서 네 명이 누우면 꽉 찬다는 게 이유였다.

고민이 깊어졌다. 현재 내가 속해 있는 무리는 다섯 명이었다. 네 명이 한 방을 써야 한다면 어쩔 수 없이 한 명은 다른 방을 쓸 수밖에 없었다. 중심에 있는 미진이가 나갈 리 없고 미진이 양옆에 찰싹 붙어 있는 하나와 수지가 따로 쓴다고 할 것 같지도 않았다. 수지와 한 몸처럼 움직이는 가은이 역시 마찬가지였다. 그렇다고 내가 혼자 다른 방에 가는 것도 내키지 않았다.

힘없이 복도를 걸어오고 있는데 미진이가 불렀다.

"정채! 담임이 왜 불렀대?"

미진이는 어느새 또 머리를 풀고 있었다. 긴 머리는 단정하게 묶어야 한다는 규정을 지키고 싶지 않다고 했다.

"수학여행 때 방을 네 명이 써야 된대."

"그래? 그럼, 반장 니가 빠져라."

조금의 망설임도 없는 미진이 말에 당황한 나는 걸음을 멈추고 우두커니 복도에 서 있었다. 교실에서 우르르 나온 하나와 수지, 가은이는 미진이의 말을 듣고 박수를 치며 입을 모았다.

"역시, 우리의 반장, 정채! 최고의 반장!"

"뭐야, 너네……."

친구들에게 서운함이 북받쳤다. 같이 다니지만 중요한 순간엔 늘 이런 식이었다. 매번 너무하는 거 아니냐고 이번에는 따져 묻고 싶었다. 하지만 역시나 입이 떨어지지 않았다. 친구들의 장난기 어린 얼굴을 빤히 바라볼 뿐이었다. 그때 마침 교실에서 나오는 준서와 눈이 마주쳤다. 나는 애써 담담한 표정을 지었다.

　미진이는 친구들 사이에서 일진으로 통했다. 학교에서 보통 친구들과 딱히 다른 점은 없었다. 선생님들 눈을 피해 머리를 풀고 다니고 화장이 진한 것? 수업 시간에 엎드려 자고 과제를 안 하는 것 정도? 하지만 그런 친구들은 미진이 외에도 많으니까. 밖에서 학생답지 않게 하고 다닌다는 소문이 돌기도 했지만 그것에 대해서는 잘 알지 못한다. 친구들은 학교가 끝나면 학원, 과외 때문에 서둘러 집에 가는 나를 마마걸이라고 놀리곤 한다.

　엄마는 내가 이 무리와 어울리는 걸 몹시 못마땅해한다. 하지만 미진이의 한마디에 하나, 수지, 가은이가 거드는 말들은 빵빵 터졌다. 시원시원하고 거침없는 성격이 함께 있으면 정말 즐거웠다. 같이 웃다 보면 스트레스가 모조리 날아가는 느낌이었다.

　그러면서도 물에 기름이 섞이지 않는 듯한 느낌을 지울 수는 없었다. 반 친구들에게는 미진이와 어울리는 일진으로, 미진이 무리에게는 마마걸 모범생으로 보이는 이 느낌. 이도 저도 아니라는 게 내 진실이었다.

　그러면 나는 어떤 친구들과 한 방을 써야 하는 걸까. 수학 문제를 풀고 있는 친구들을 눈으로 쭉 훑어봤다. 역시 집중하고 있는 아이들은 몇 안 되는 것 같았다.

　준서는 고개를 푹 숙인 채 손으로 펜만 돌리고 있었다. 머릿속으로 무슨 생각을 하고 있을까. 준서를 바라보고 있자니 얼굴이 조금씩 달아오르는 것 같았다. 가슴에 전기가 오르는 것처럼 찌릿한 느낌도 들었다. 내 시선이 느껴졌는지 준서가 갑자기 뒤를 돌아봤다. 나는 급히 고개를 숙이고 문제를 푸는 척했다.

신화와 도연이. 다른 무리의 친구들과 어울리지 못하는 두 명이 눈에 들어왔다. 둘은 항상 붙어 다녔지만 서로 잘 맞는 느낌은 아니었다. 몇 마디 나눠본 적은 없지만 신화는 나를 볼 때마다 환하게 웃어주곤 했다. 같은 방을 쓰자고 하면 싫다고 하지는 않을 것이다.

문제는 도연이었다. 도연이는 4학년 때 나와 가장 친했던 친구였다. 나는 반장, 도연이는 부반장이었다. 똑똑하고 배려심 깊은 도연이와 함께할 수 있었던 그때가 아직도 좋았던 기억으로 남아 있다. 그런데 5학년 때 도연이네 집에 큰 사고가 있었다는 말을 들었다. 두 달 만에 학교로 돌아온 도연이는 완전히 다른 사람이 되어 있었다. 친구들과 좀처럼 대화를 나누려 하지 않았고 조용히 책만 읽었다. 나는 그런 도연이에게 선뜻 다가갈 수 없었다. "도연아"라고 입을 떼는 일을 망설이는 사이 걷잡을 수 없이 시간만 흘러갔다.

올해 같은 교실에서 다시 만난 도연이에게 어떻게 아는 척을 해야 할지 고민을 많이 했다. 예전보다는 조금 나아진 것 같기도 했지만, 아직 도연이 본연의 활기참을 온전히 되찾지는 못한 것 같았다. 우물쭈물하다가 지금까지 두 달 넘게 한 마디도 건네지 못했다.

그래도 도연이 옆에 신화가 있어서 정말 다행이었다. 도연이가 도서실에 갈 때면 신화가 항상 같이 가는 것 같았다. 그나저나 같은 방을 쓰자고 하면 도연이는 어떤 반응을 보일까. 분홍색 메모지를 한 장 뜯어 펜을 들고는 무슨 말부터 적어야 할지 한참을 고민했다.

신화와 도연이가 교문을 나오는 모습이 보였다. 아까부터 기다리고 있었던 나는 손을 흔들어야 할지 여기라고 소리를 쳐야 할지 잠시 고민하다가 멋쩍어서 괜히 휴대폰만 내려다봤다. 미진이 무리와 함께하는 채팅방은 여전히 조용했다. 나 혼자 다른 방을 쓰게 된 데 대해 짧게라도 사과를 해야 하는 게 아닌가.

"채원아."

신화가 자그마한 목소리로 나를 불렀다. 나는 휴대폰 화면을 끄고 신화와 도연이를 바라봤다. 도연이의 안경에 햇빛이 반사되어 어떤 표정을 짓고 있는지 잘 보이지 않았다.

"어, 왔구나. 할 말이 있어서."

하교 시간 분식집에는 자리가 없을 정도였다. 분식집 문이 열릴 때마다 떡볶이 냄새가 흘러나왔다. 따뜻한 공기에 떡볶이 냄새가 더해질 때마다 식은땀이 났다. 같이 떡볶이를 먹을 것도 아닌데 이 앞에서 만나자고 한 내 제안이 어색하게 느껴졌다.

"저기……. 우리 수학여행 때 같은 방 쓸래?"

신화는 입 모양까지 바뀔 정도로 깜짝 놀란 눈치였다. 가까이서 보니 신화도 입술에 옅은 틴트를 바르고 있었다. 도연이의 눈동자가 동그란 안경 안에서 양옆으로 움직였다.

"우리 셋이 같은 방 쓰자. 내일 아침에 방을 배정할 거거든."

"그래. 좋아."

신화가 고개를 끄덕이며 환하게 웃어 보였다. 도연이도 말없이 고개를 끄덕였다.

"내가 괴롭히지 않을 거니까 절대 걱정하지 말고. 아, 버스에서는 너네 둘이 앉아. 나는 어차피 선생님 뒤에 앉아야 하니까."

어색한 분위기를 없애기 위해 더 크게 웃는 얼굴로 말했다.

"그 말 하려고 부른 거야?"

몇 년 만에 도연이가 내게 건넨 말이었다. 왠지 말투가 차갑게 느껴져 당황스러웠다.

"아, 응응. 내일 아침에 정할 건데 급하게 얘기하면 너희가 당황할 수도 있잖아. 그래서 오늘 먼저 말하려고."

"그랬구나. 알겠어. 아, 그 용건이었구나."

도연이의 말이 더 이어지고 나서야 안도의 한숨이 쉬어졌다.

"저기 채원아, 너 쿠션 뭐 써?"

내 얼굴을 빤히 바라보던 신화가 갑자기 질문을 던졌다.

"쿠션? 의자에 쿠션?"

내가 교실 의자에 쿠션을 놓았었는지 급히 머리를 굴려보았지만 떠오르지 않았다. 신화는 입을 더 동그랗게 벌리더니 내 얼굴 가까이로 손을 가져다 댔다.

"대박. 너 쿠션 안 써? 그럼 파데 쓰는 거야?"

"어? 나 그냥 선크림만 바르는데."

"대박. 피부 진짜 대박이다. 도자기 같아. 모공이 없어."

생각지 못한 신화의 말에 웃음이 터졌다. 어쨌든 칭찬이라 생각했다.

"고마워."

*

수학여행을 떠나는 날 아침, 나는 집합 시간보다 30분 먼저 도착해 펜과 명렬표를 꺼내 들었다. 이런 작은 준비성이 담임 선생님을 감동시키는 법이다. 이런 일에 별로 어려움을 느끼지 않는 것을 보면 나는 정말 타고난 리더 같기도 했다.

조금 흐렸지만 따뜻한 공기가 딱 체험학습 떠나기 좋은 날씨였다. 이내 아이들이 속속 도착했다. 가만히 줄을 서 있으라는 내 말을 듣는 아이들은 거의 없었다. 그런 와중에 신화와 도연이가 다가오더니 조용히 함께 해줬다. 떠들썩한 아이들 사이에서 아무 말도 없이 내 앞에 서 있어주는 그 행동이 왠지 함께 해주는 것으로 느껴졌다.

저 뒤로 미진이 무리가 도착하는 모습이 보였다. 나는 습관적으로 미진이 쪽을 향했다.

"어이, 정채!"

미진이가 장난스럽게 한 손을 들며 아는 척했다. 미진이 옷차림을 본 나는 깜짝 놀라 입을 크게 벌렸다. 선생님은 학생다운 옷차림을 강조하며 반바지는 무릎 위 10cm까지라고 사복의 규정을 정해주셨다. 그런데!

"너, 바지 어쩌려고 그래?"

누가 볼세라 몸으로 미진이를 가리며 말했다. 미진이는 양팔을 들어 나를 때리는 시늉을 하며 아무렇지 않게 행동했다. 이어 나타난 하나와 수지, 가은이도 모두 같은 길이의 핫팬츠를 입고 있었다. 같이 있는 단톡방에서 옷을 맞춰 입자는 말은 없었는데.

미진이가 나를 위아래로 훑어보며 말했다.

"정채, 너 이거 명품 아니야?"

아차, 티셔츠 가운데 새겨져 있는 로고가 명품인 듯싶었다. 언니가 입던 옷이니 명품일 가능성이 높았다. 엄마는 언니에게 항상 최고의 물건만 사주려고 했고 그 물건이 언니에게서 생명력을 다하면 내게 차례가 왔다. 내 옷장에 있는 옷의 대부분은 언니가 입던 것이었다. 거의 새 옷이나 다름없기에 싫다는 말을 하기도 어려웠다.

"어이, 학생이 이런 명품을 입고 다니면 어떡해? 학생다운 옷차림을 해야지."

미진이 말에 하나와 수지, 가은이가 껄껄대며 웃었다.

"역시 평온동 갑부 따님은 클라스가 다르다, 달라. 좌르르 흐르는 이 귀티와 아우라, 나는 정채 너가 너무 예뻐!"

수지가 평소보다 더 과한 억양으로 크게 말하며 나를 껴안았다. 친구들은 나를 놀리는 것 같다가도 늘 좋게 마무리해 주었다. 이런 행동을 보면 나를 정말 예뻐하고 귀여워하는 것도 같았다.

나쁜 아이들은 아니다. 외모가 학생답지 않다고 해서 무조건 인성이 나쁜 것은 아니다. 엄마가 가지고 있는 고정관념에 또 한 번 반감이 올라왔다.

"나 놀이공원에서 너네랑 다녀도 되지?"

오늘 오후 일정은 놀이공원이었다. 야간 개장 퍼레이드가 끝나고 버스에서 모인다고 했다. 어두워서 길을 찾기 어려울 수 있으니 반드시 같은 방 친구들끼리 한 조로 움직이라는 선생님의 당부가 귀에서 맴돌았다. 하지만 신화, 도연이와 놀이공원에서 같이 다닐 생각을 하니 정말 어색했다. 무슨 말을 해야 할지, 도연이는 놀이공원에서도 책을 읽는 건 아닐지. 세 명은 놀이기구를 탈 때도 문제였다. 다섯 명도 마찬가지긴 하지만.

"당연하지! 태영이네도 불러서 우리 남자애들이랑 탈 거야."

"태영이?"

태영이는 미진의 오랜 친구였다. 둘은 성별이 다른데도 동성 친구 사이처럼 편안해 보였다. 장난기 많고 활발한 성격이 공통점이었다. 둘이 함께 있을 때는 언제나 떠들썩했으며 웃음이 끊이지 않았다.

버스는 뒤에서부터 채워졌다. 미진이 무리는 내가 혼자 앉는 것도 아랑곳하지 않고 넷이 버스의 맨 뒷자리를 차지했다. 위험하다는 가운데 자리를 비워놓은 게 기특할 지경이었다. 그 앞에 태영이 무리가 앉아 서로 대화를 주고받으며 시끌시끌했다.

나는 인원수를 확인하고 담임 선생님 뒤에 혼자 자리를 잡았다. 고개를 돌려보니 신화와 도연이가 건너편 옆쪽에 앉아 있었다. 창가에 앉은 도연이는 말없이 바깥 풍경을 바라보고 있었고, 신화는 이어폰을 꽂은 채 간혹 고개만 까딱거렸다.

내가 인원수를 세고 난 후에도 담임 선생님은 또다시 확인했다. 이럴 때면 공부 못하는 반장을 믿지 못하는 것 같아 괜히 고개가 숙여졌다.

부반장이 갑자기 전학을 가게 되면서 임원은 나 혼자가 되었다. 담임 선생님은 부반장을 다시 뽑을 때까지만 혼자 고생하라고 했지만 상관없었다. 영우가 부반장일 때 영우의 행동을 보며 속 썩던 생각을 하면 차라리 혼자 하는 게 마음이 더 편했다.

그때 뒤에서 누군가 걸어오는 소리가 들렸다.

"채원아, 이거 먹어. 우리 같이 앉을까?"

돌아보니 태영이가 커다란 초콜릿을 하나 건네며 장난스러운 표정을 짓고 있었다. 뒤에서 미진이 무리의 환호성이 들렸다.

"오~오! 사귀어라! 사귀어라!"

벌떡 일어나 미진이 쪽을 바라봤다. 미진이는 내가 준서를 좋아하는 걸 알면서도 짓궂게 태영이와 이어주려는 장난을 쳤다. 아, 아니, 말한 적이 없으니 모르나. 내가 준서를 좋아한다는 걸 몰라서 저러는 걸까.

미진이는 내게 키스를 날리는 포즈를 취했다. 신화가 귀에서 이어폰을 빼고 내 쪽을 바라봤다. 반 친구들이 내 반응에 집중하는 게 느껴졌다. 고개를 돌리다가 준서와 눈이 마주쳤다. 평소와 다른 준서 표정을 어떻게 해석해야 할지 어려웠다.

다행히 구세주가 나타났다. 잠시 자리를 비웠던 담임 선생님이 다시 버스에 올라탄 것이다.

"박태영, 얼른 자리로 가."

태영이는 실실 웃으며 뒷자리로 돌아갔다. 담임 선생님은 마이크를 잡더니 며칠 전부터 강조했던 유의사항을 반복했다.

자리에 앉아 안전벨트를 하고 창밖을 바라봤다. 자그마한 한숨이 새어 나왔다. 어쩌다가 수학여행 가는 버스에 혼자 앉게 된 건지, 같이 방을 쓸 친구가 없어서 고민하게 된 건지, 속상했다.

태영이가 준 초콜릿을 가만히 바라봤다. 나는 얼마 전 태영이에게 고백을 받았다. 사실 초등학교 때부터 고백은 여러 번 받아봤지만 정작 누군가를 애타게 좋아해 본 적은 없었다. 엄마는 고등학교 졸업할 때까지 연애는 절대 금지라고 신신당부하곤 했다. 언니는 이런 문제로 한 번도 속 썩인 적이 없었으니 그렇게 불가능한 일도 아닌 것 같았다.

하지만 나는 수시로 유혹에 흔들렸다. 나를 좋아한다는 아이들도 있었고, 주위의 많은 친구들도 이미 연애를 하고 있었다. 자꾸 흔들리는 내 모습을 보며 엄마는 그렇다면 중학생 때까지만이라도 연애를 하지 말라고 설득했다. 엄마 얘기를 듣고 있노라면 연애라는 건 꽤나 위험한 행위 같았다.

중학생이 되고는 엄마에게 점점 비밀이 많아졌다. 작년에는 한 학년 선배인 동아리 오빠에게 고백을 받아 한 달 넘게 연애를 했다. 일주일에 한 번 정도 방과 후에 카페에서 데이트를 했다. 나를 바라보는 오빠의 눈은 말 그대로 하트 모양이었다. 그 하트에서 꿀이 한 방울씩 떨어지는 것처럼 달콤한 시간이었다.

하지만 즐거움도 잠시, 카페 창가 자리에서 데이트를 즐기던 어느 날, 엄마에게 연애 사실을 들켜버렸다. 그리고 집에 오자마자 오빠와 헤어지겠다는 각서를 썼다. 계속 만날 경우 휴대폰 금지라는 끔찍한 처벌이 뒤따를 거라는 말에 어쩔 수 없었다. 엄마는 오빠에게 직접 전화를 걸어 상처 주는 말까지 거침없이 내뱉었다. 나는 오빠에게 너무 미안해서 동아리에 갈 때마다 고개를 들지 못했다.

첫 연애가 그렇게 끝났지만 엄마에 대한 반항심이 커졌을 뿐 오빠에 대한 마음은 생각보다 간절하지 않았다. 다음에 연애를 하게 된다면 절대 엄마에게 들키지 않겠다는 굳은 다짐만 뒤따를 뿐이었다.

4월 초 체육 수업이 끝난 직후였다. 종이 치자마자 강당에서 배드민턴을 치던 반 친구들이 정리도 하지 않고 우르르 몰려 나갔다. 나는 미진이 무리에게 먼저 교실로 돌아가라는 말을 전하고 강당에 남았다. 이런 일도 반장의 역할이라 생각했다. 여기저기 흩어져 있는 배드민턴 라켓을 모아 한곳에 정리하고 셔틀콕을 줍느라 강당을 몇 바퀴나 돌았다. 어느 순간 고개를 들어보니 내 앞에서 준서가 셔틀콕을 줍고 있었다. 고맙다고 말하고 한 번 씨익 웃어 보였다.

라켓과 셔틀콕을 노란 바구니에 정리해서 준서와 한 쪽씩 들었다. 체육 선생님 말대로 운동장 조회대 밑에 가져다 놓을 셈이었다. 바구니가 조금도 무겁게 느껴지지 않았다.

"채원아, 우리……."

복도 저편에서 아이들이 왁자지껄 떠드는 소리가 들렸다. 하지만 이쪽 복도에는 준서와 나, 둘밖에 없었다. 준서와 개인적인 대화를 나누는 것은 처음이었다. 나는 가만히 준서를 바라봤다. 준서도 내 눈을 빤히 쳐다봤다.

"사귈래?"

예상치 못한 상황에서 기습적으로 받은 고백이었다. 많은 고백을 받아봤지만 이런 건 처음이었다. 당황스러워서 웃음이 나왔다. 준서도 따라 웃었다. 길게 고민하고 싶지 않았다.

"그래!"

준서는 조그맣게 "야호"를 외치더니 오늘부터 1일이라며 미소를 지었다. 준서가 기뻐하는 모습을 보자 나도 왠지 행복했다. 알아차리지 못하고 있었지만 사실 오래전부터 나도 준서를 좋아하고 있었던 게 아닐까 싶은 생각이 들었다.

이후로 마주칠 때마다 웃으며 인사를 주고받았다. 가끔은 교실 뒤에서 쉬는 시간 내내 마주 보고 서 있기도 했다. 하지만 한두 마디 주고받고는 말이 뚝 끊길 때가 많았다. 우리는 그 여백을 채우기 위해 더 많이 웃었다. 실제로 나는 준서 앞에 있을 때면 별로 웃기지 않은 일에도 자꾸 웃음이 나왔다.

준서는 날씨에 관심이 많았다. 우리 대화의 시작과 끝은 주로 날씨에 관한 내용이었다. 준서는 기상 캐스터라도 된 것처럼 카톡으로 매일같이 날씨를 알려주곤 했다. 준서 덕분에 매일 달라지는 공기의 느낌에 더 관심을 갖게 되었다. 세상을 하나씩 더 알아가는 것 같아 기분이 좋았다.

그러던 중 갑작스레 태영이에게 고백을 받은 것이다. 태영이는 등 뒤에서 빨간 장미꽃다발을 꺼냈다. 이렇게 큰 꽃다발은 처음이었다. 어리둥절해 있는데 미진이 무리가 교실로 들어오더니 박수를 치기 시작했다. 주위에 있던 친구들이 태영이에게 축하한다는 말을 건넸다.

"아니, 아니."

입을 열어 아니라고 말했지만 목소리가 크게 나오지 않았다. 나를 보고 있는 태영이 눈빛과 박수를 치고 있는 친구들 앞에서 나는 준서와 사귀고 있고 누구보다 준서를 좋아한다고 차마 말할 수 없었다.

그 일이 있고 나서 준서가 나를 피하기 시작했다. 날씨를 알려주던 카톡도 보내지 않았다. 태영이와는 아무 일도 없었고, 앞으로도 그럴 거라고 말하고 싶었지만 기회가 주어지지 않았다. 어쩌면 단지 용기가 없었던 건지도 모르겠다.

그러던 중 미진이로부터 엄청난 이야기를 전해 들었다. 수학 시험이 끝나고 급식을 먹던 중이었다.

"정채! 김준서 멋있더라? 박태영 멱살을 꽉 잡고 막 흔들다가 얼굴을 팍! 이제부터 니가 정채원 남자친구다. 됐냐?"

미진이는 멱살을 잡았다가 때리는 동작까지 신나게 따라 했다. 믿을 수 없었다. 내가 아는 준서는 그런 행동을 할 사람이 아니었다. 더 늦기 전에 준서에게 내 마음을 이야기하고 싶었다. 우리 관계에는 아무런 문제가 없다고. 나는 너를 좋아한다고. 밥을 먹다 말고 급하게 뛰어 올라갔지만 교실에는 이미 아무도 없었다.

그런 상태로 시간만 흘러가고 있었다. 놀이공원에서도 태영이와 함께 다녀야 한다니 걱정이 앞섰다. 준서뿐만 아니라 다른 친구들도 내가 진짜 태영이와 사귀는 줄 알 것 같았다.

창문에 머리를 기댄 채로 눈을 감았다. 버스가 덜컹거릴 때마다 내 마음도 출렁였다. 마음에 파도가 치는 것 같았다. 무슨 말을 어디서부터 어떻게 해야 할지, 정리가 되지 않았다. 습관적으로 타임머신을 상상하며 버튼을 돌리기 시작했다. 돌리고 또 돌렸다. 내가 태어나기 이전까지 돌아갈 수 있도록.

버스에서 내려 슬그머니 미진이 쪽으로 향하는 내 모습을 보고 신화와 도연이는 아무 말도 하지 않았다. 신화, 도연이와는 방을 같이 쓰기로 한 것일 뿐이라고 스스로를 변호해 보다가도 반장으로서 담임 선생님의 말을 거역했다는 죄책감이 따라왔다.

놀이공원은 사람들을 행복하게 만드는 마법을 쓰는 곳 같았다. 친구들은 한층 더 들뜬 모습이었다. 물 만난 고기처럼 양팔을 벌리고 달리기도 했다. 공기는 수분을 가득 머금어 끈적한 느낌이었다.

여덟 명이서 바이킹 맨 뒤에 자리를 잡았다. 무서워서 눈도 못 뜨는 나를 양옆에서 미진이와 하나가 간질였다. 심장이 쿵 떨어질 것 같다가도 겨드랑이 쪽이 간지러워 마구 웃음이 나왔다.

퍼레이드가 시작될 즈음이 되자 빗방울이 하나둘 떨어지기 시작했다. 우산을 준비해 오지 않은 나는 기념품 가게에서 캐릭터가 그려진 우산을 하나 샀다. 만약 준서와 연락을 이어오고 있었다면 오늘 같은 날 우산을 분명히 준비했을 거라는 생각이 들었다.

비가 내리면서 기온이 많이 떨어졌는지 서늘한 기운이 느껴졌다. 하지만 나는 친구들과 끊임없이 셀카를 찍고 큰 소리로 웃었다. 태영이와 사이가 불편하다는 것도, 나 혼자 다른 방을 쓰게 되었다는 것도 떠오르지 않을 만큼 즐거운 시간이었다.

범퍼카를 기다리다가 집합 시간이 되기 30분 전, 어김없이 나는 반장의 역할을 하기 위해 일찌감치 버스로 향했다. 우산을 접어 버스 밖으로 물기를 털었다.

"채원이 혼자 먼저 온 거야?"

집합 시간보다 한참 더 일찍 온 나를 보고 담임 선생님은 꽤나 놀란 눈치였다.

"네. 아직 아무도 안 왔죠?"

"응. 잘 놀았어? 갑자기 비가 오고 날이 싸늘해져서 다들 잘 찾아올지 걱정이네."

"지금 애들 범퍼카에 많아요. 늦으면 제가 가서 데려올게요."

"우리 반장, 정말 든든해!"

어깨를 올리며 환하게 웃어 보이는 담임 선생님 모습에 뿌듯한 기분이었다. 이어 버스 문이 열리고 준서와 현석이가 들어왔다. 잘 놀았냐는 선생님의 질문에 짧은 대답이 이어지고 나자 버스 안에는 정적이 흘렀다. 얼른 다른 아이들이 왔으면 좋겠다는 생각만 들었다.

숙소에 돌아가면 장기자랑이 이어질 예정이었다. 장기자랑에 나가는 아이들이 등나무 밑에서 연습하는 모습이 보였다. 학교에서의 모습과 달리 모두 활기찬 미소를 띠고 있었다. 그러는 사이에 우산을 쓰거나 우비를 입은 친구들이 집합 시간에 맞춰 속속 도착했다.

반 친구들이 버스에 앉는 것을 확인하고 명렬표에 표시했다. 사실 우리 반에서 미진이 무리만 제때 도착한다면 더 걱정할 게 없었다. 그때 기린 모양 머리띠를 얼굴의 위아래에 두 개나 우스꽝스럽게 걸고 달려오는 미진이 모습이 보였다.

"안 늦었지? 이거 정채 선물!"

미진이가 턱 밑에 걸고 있던 기린 모양 머리띠를 내 머리에 씌워주었다. 하나, 수지, 가은이도 모두 기린 모양 머리띠를 하고 있었다.

"우리 우정의 증표랄까?"

가은이의 말이 오글거린다면서 모두 큰 소리로 웃었다. 우리는 다섯 명이 함께 같은 머리띠를 한 모습을 다양한 각도로 카메라에 담았다.

집합 시간이 지나가며 버스 안의 빈자리는 거의 채워졌다. 나도 몇 번이나 버스 안을 오가며 인원수를 확인했다.

"다 온 것 같은데요?"

담임 선생님께 보고를 하며 고개를 돌리는 순간 내 자리 건너편이 아직 비어 있는 것이 보였다.

"채원이가 신화한테 전화 한 번 해볼래?"

"저 선생님, 신화 번호 좀 알려주세요."

같은 방에서 하룻밤을 함께 지내기로 했으면서도 연락처가 저장되어 있지 않았다. 도연이가 원래 휴대폰이 없다는 건 알고 있었다.

"전원이 꺼져 있는데요……."

전원이 꺼져 있다는 알림이 나오자 순간적으로 가슴이 철렁 내려앉았지만 별로 걱정이 되지는 않았다. 늦게 돌아오는 다른 반 친구들 몇몇이 멀리서부터 급하게 뛰어오는 모습이 보였다. 신화와 도연이도 저렇게 돌아올 것이다. 어서 나타나줬으면. 일단 조금 더 기다려보는 수밖에 없다는 선생님 말씀에 자리에 앉아 오늘 찍은 사진들을 훑어봤다.

그 사이 빗줄기는 더 굵어졌다. 다른 반 버스들이 먼저 숙소로 출발하기 시작했다. 우리 반은 왜 안 가냐는 친구들 성화가 뒤에서 이어졌다. 신화와 도연이가 아직 오지 않았다는 말에 몇몇 친구들은 열다섯 살이 여기서 길을 잃어버리는 게 말이 되냐고 짜증을 내기도 했다.

"선생님이 나가서 찾아보고 올게."

선생님이 겉옷을 챙겨 입더니 자리에서 일어섰다. 선생님 뒤를 따라 나도 일어났다. 반 친구에게 문제가 생겼다면 나서야 하는 게 바로 반장의 역할이라고 생각하니까. 친구들 몇 명도 따라 나왔다. 준서도 망설이지 않고 일어나는 모습이 보였다. 모두 한 손에는 우산을 들고 한 손에는 휴대폰 손전등을 켰다.

어느새 놀이공원에는 빗소리만이 가득했다. 퍼레이드가 끝나고 사람들이 돌아간 뒤 남은 것은 비와 어둠뿐이었다. 입구 가까이에 신화와 도연이가 없다는 사실을 깨닫자 문득 무서워지기 시작했다. 이런 일이 발생할까 봐 선생님이 그렇게 신신당부했을 것이다. 선생님 말씀대로 나는 신화, 도연이와 함께 다녔어야만 했다. 그랬으면 이렇게 늦는 일도 없었을 것이다.

결국 뿔뿔이 흩어져 찾기로 했다. 나는 기념품 가게 쪽을 돌아보기로 했다. 정말 무슨 일이 생긴 것은 아닐지 머릿속으로 온갖 상상이 펼쳐졌다. 엄마는 어두울 때 내가 혼자 다니는 일을 끔찍하게 생각했다. 세상에는 무서운 일들이 정말 많이 일어난다고.

같이 나왔던 반 친구들도 하나둘 멀어지고 이쪽엔 나 혼자 남았다. 상점의 불도 꺼지고 휴대폰 손전등에만 의지한 채 서 있어야 했다. 어디선가 누구라도 얼른 나타나주길 기다렸다. 나도 모르게 눈물이 차올랐다. 어깨를 들썩일 때마다 머리띠가 자꾸만 우산에 걸렸다.

다 내 잘못이었다. 선생님 말씀대로 신화, 도연이와 함께 움직였어야 했는데. 만약 둘에게 뭔가 문제가 생겼다면 나는 평생 죄책감 속에서 살아가게 될 것이다.

"미안해……."

일단 내뱉으면 어떻게라도 전해질 것 같았다. 그때 옆쪽에서 누군가 달려오는 모습이 보였다. 우산이 하나뿐인 걸 보니 신화와 도연이는 아닌 것 같았다.

"채원아!"

준서였다.

"혼자 있으면 어떡해? 너까지 길 잃으면 어쩌려고."

준서는 울고 있는 내 얼굴을 보고 놀랐는지 말을 멈췄다. 준서를 보자 그동안 쌓여 있던 감정까지 터져 나오며 걷잡을 수 없이 눈물이 흘렀다. 준서는 다 젖은 손으로 주머니 여기저기에서 휴지를 찾았다.

"도연이랑 신화 찾았어. 현석이가 데리고 올 거야. 신화가 넘어져서 조금 다쳤나 봐. 걱정하지 않아도 돼."

정말 다행이었다. 나는 한 손으로 눈물을 훔치고 준서 얼굴을 빤히 쳐다봤다. 그동안 준서에게 하고 싶은 말이 정말 많았다. 내 행동에 눈이 동그래진 준서가 말없이 나를 바라봤다. 하고 싶었던 말 중에 어떤 것부터 어떻게 꺼내야 할지 망설여졌다.

어둠 속에 서 있는 우리 둘 사이에 빗소리만이 울려 퍼졌다. 지금도 기회를 놓치면 또 아무 말도 못 할지 모른다. 용기를 내자, 생각하며 우산을 잡은 손에 힘을 주었다. 몇 번이나 입을 벌렸다 다시 다물었다. 아무 말 없이 내 눈을 바라보는 준서의 시선이 나를 재촉하는 것처럼 느껴져 겨우 무겁게 입을 열었다.

"나는 태영이랑 아무 일도 없었어. 사귀는 거 아니고, 그럴 마음도 없어."

준서는 잠자코 내 말을 듣더니 무슨 말이라도 할 것처럼 입술을 살짝 벌렸다 오므렸다를 반복했다. 준서가 무슨 말을 할지 긴장되는 마음으로 조용히 기다렸다. 마침내 준서가 다시 입을 열었을 때였다.

"거기 누구 있어요?"

어둠의 가운데서 신화를 부축하고 오는 현석이가 일부러 더 장난 스럽게 큰 목소리를 냈다. 신화는 고개를 푹 숙인 채 어깨를 들썩거리며 울고 있는 것 같았다. 검정색 반바지를 입은 신화의 다리가 조금 불편해 보였다. 옆에서 도연이가 휴대폰 손전등을 들고 길을 밝히고 있었다.

"늦어서 미안해."

내 얼굴을 본 도연이가 먼저 사과했다. 도연이의 안경이 빗물에 흠뻑 젖어 있었다. 나는 애써 웃으면서 고개를 가로저었다.

"애들한테 어떻게 사과를 해야 될까. 우리 때문에 화가 많이 났을 텐데."

뭐라고 말해야 할지 머뭇거리다가 겨우 입을 뗐을 땐 이미 준서가 대답을 한 이후였다.

"괜찮아. 무사히 돌아왔으니 다행이지. 다 이해해 줄 거야."

신화와 도연이가 고개를 푹 숙인 채로 버스에 들어오자 아이들이 박수를 쳐줬다. 사실 생각지도 못한 반응이었다. 우리가 오기 전에 담임 선생님이 무슨 말을 하신 게 틀림없었다. 신화와 도연이가 미안하다고 사과했지만 박수 소리에 묻혀 잘 들리지 않았다.

숙소에 도착했을 땐 예정보다 한 시간 이상 늦어 있었다. 우리 반은 결국 장기자랑에 참여하지 못했다. 대신 나중에 우리 반만의 축제를 성대하게 여는 것으로 원만한 합의가 이루어졌다. 뒤에서 작게 투덜거리는 소리가 들리는 것도 같았지만 아무도 큰 소리로 불평하지는 않았다.

신화는 담임 선생님과 병원으로 향했다. 네 명이 누우면 가득하다는 방에 도연이와 둘이 남았다. 우리는 어느 정도 거리를 두고 벽에 기대어 앉았다.

"그게, 신화 폰이 다 돼서 전원이 꺼졌거든. 우리 학교 애들이 서둘러 가기에 우리도 덩달아 뛰다가 갑자기 신화가 넘어진 거야. 다른 반에 누구한테라도 얘기를 전했어야 하는데. 연락할 방법도 없고, 비는 오고……. 정말 미안해."

도연이는 늦은 이유를 어떻게든 해명해야겠다는 생각인 것 같았다.

"미안해."

내가 덩달아 사과를 하자 도연이가 어리둥절한 표정으로 바라봤다.

"내가 같이 다녔으면 좋았을 텐데, 미안해."

"아니야."

잠시 어색한 정적이 흘렀다.

"어디가 어딘지도 모르겠고, 몇 시 정도 됐는지도 모르겠고, 주위에 사람도 없고 그랬는데, 우리 반 반장 채원이는 우리를 찾으러 올 것 같은 생각이 들더라. 그런 생각 되게 든든한 거 알아?"

"내가?"

"응, 너랑 같은 반 돼서 얼마나 좋았는지 알아? 지금까지 여러 반장들 많이 겪어봤지만 너처럼 책임감 있는 반장 잘 없다?"

"어?"

뜻하지 않은 칭찬에 몸 둘 바를 몰라 머리를 긁적였다. 도연이와 이런 대화를 나누는 게 얼마 만이던가.

도연이는 팔베개를 하고 바닥에 편하게 누웠다. 덩달아 나도 한쪽 팔을 베고 도연이를 바라보며 옆으로 누웠다. 보일러가 들어오기 시작하며 바닥에 따끈한 기운이 전해졌다. 마음속에 있던 그 어떤 말도 할 수 있을 것 같았다.

"우리 4학년 때 기억나? 우리 케미, 생각보다 좋지 않았어? 나는 우리가 예전에는 꽤 친했다고 생각하는데, 사실 올해는 어떻게 다가가야 될지 모르겠어서 고민 많이 했었다?"

가슴 깊은 곳에 숨어 있던 진심이 따끈한 기운에 밀려나듯이 입 밖으로 술술 나왔다. 말을 끝맺고는 스스로 느껴지는 어색함에 혀를 날름 내밀어 입술을 적셔야만 했다.

"내가 좀 다가오기 어려운 스타일이지?"

도연이가 동그란 안경을 고쳐 쓰며 환하게 웃었다. 어릴 적 그 표정이 아직 남아 있었다.

그때 노크 소리가 들렸다. 도연이는 재빨리 일어나 문을 열고는 내쪽을 바라보며 자리를 비켜줬다.

"이거, 혹시 몰라 챙겨온 건데 필요할까 해서……."

준서가 건넨 것은 핫팩이었다. 나는 그 자리에서 포장을 벗기고 핫팩을 위아래로 흔들었다.

"잘 자."

준서가 한 손을 들어 인사하고는 문을 닫아줬다. 나도 수줍게 한 손을 흔들었다. 핫팩의 더운 기운이 가슴속까지 전해졌다.

"아무리 그래도 오뉴월에 핫팩은 좀 그렇지 않아?"

자꾸만 떠오르는 미소를 도연이가 놓쳤을 리 없었다. 나는 핫팩을 더 세게 흔들어서 도연이 목뒤에 가져다 댔다. 도연이는 "간지러워", "뜨거워"를 반복하면서 나를 피해 다녔다. 점점 더 따뜻해지는 핫팩의 온도를 감당하기 힘들어 바닥에 슬쩍 내려놓고 옆에 누웠다. 도연이도 나를 따라 누웠다.

천장을 보고 있다가 웃음이 나와서 도연이를 바라봤다. 도연이도

천장을 보고 웃고 있었다. 오랫동안 '일시 정지' 버튼을 누르고 싶은
시간이었다.

열다섯 우리,
작은 연대도
소중해

진실과 거짓말, 그 사이에 끼다

- 다희

빛나

수학여행

D-day

맛있어

교무실에 앉아 있는 내 모습을 보기 위해 아이들이 벌떼처럼 모여들었다. 새롭게 출발하는 날을 오랫동안 고대하긴 했지만 이런 관문은 미처 예상하지 못했다. 별로 수줍음이 많은 성격은 아니지만 이 반응은 동물원의 원숭이, 아니 현실에 나타난 유니콘에 맞먹을 정도의 관심 수준이라 감당하기 어려웠다.

"하루, 딱 하루만."

고개를 숙이고 질끈 눈을 감은 채 하루만 참자는 말을 주문처럼 외웠다. 잠시 이 현실에서 멀어지는 것 같았다.

"여기 어머니 연락처랑 다희 연락처 적어주시고요."

담임 선생님의 요구에 따라 새엄마는 열심히 이것저것 적고 있었다. 내 속마음을 엿본 듯 담임 선생님이 힘내라며 싱긋 웃어 보였다.

"딱 하루만, 길어져도 이틀 정도만 참아보자."

일방적으로 참으라는 게 아니고 참아보자는 말투가 따뜻하게 느껴졌다. 담임의 선한 인상과 나긋나긋한 말투에 마음이 놓였다.

'그래. 오늘부터 나는 새롭게 다시 태어나는 거야. 힘내자, 아자아자 유다희!'

자리에서 일어선 나는 무심결에 처음으로 새엄마의 손을 잡아버렸다. 새엄마 역시 긴장했는지 손바닥에 땀이 축축했다. 새엄마의 손과 내 손은 마치 자석처럼 붙어 서로를 더 강하게 쥐었다.

이윽고 내 손을 놓은 새엄마는 담임 선생님의 두 손을 부여잡고 잘 부탁한다는 인사를 거듭한 후에야 겨우 발걸음을 돌렸다.

"교실 들어가면 간단히 자기소개 할 거니까 준비하고. 반에 좋은 친구들 많으니까 너무 걱정하지 마. 힘든 거 있으면 언제든지 얘기하고."

담임 선생님을 따라 교실로 향했다. 축 늘어진 두 손이 어색하게 느껴져서 가볍게 가방 끈을 잡았다. 교실 앞에 도착하자 담임 선생님이 내 어깨를 살짝 안아 톡톡 두드렸다. 심호흡을 하고 아이들 앞에 섰다. 교실 가득 앉아 있는 아이들의 두 눈이 내게 집중되어 있었다.

"애들아, 우리 반에 오늘 새 친구가 왔어. 누군지 소개 들어볼까?"

드디어 내게 순서가 왔다. 밤새도록 연습했던 그 장면이었다.

"안녕하세요. 유다희라고 합니다. 앞으로 잘 부탁드립니다."

인사가 끝나자마자 박수가 쏟아졌다. 뒤에 있는 몇 명은 자리에서 일어나 큰 동작으로 박수를 쳐주기까지 했다. 밝고 활기찬 분위기에 긴장이 한결 누그러졌다. 그때 복도 쪽에 앉은 여자애가 번쩍 손을 들었다.

"어디에서 왔어?"

"강……남에서 이사 왔어."

말이 끝나기도 전에 교실이 순식간에 시끄러워졌다. 우리나라 사람들이 '강남'이라는 두 글자에 어떤 이미지를 가지고 있는지 잘 알고 있다. 반 아이들 역시 여기저기서 "공부 잘하겠다", "우와", "부럽다" 같은 말들을 쏟아내고 있었다.

강남에도 정말 많은 사람들이 산다는 것, 텔레비전에 나오는 것처럼 모두가 부유한 생활을 하지는 않는다는 것을 사람들은 종종 놓치곤 한다. 하지만 지금 상황에서 굳이 해명할 필요는 없을 것이다.

3분단 맨 뒤 반장 옆자리에 앉게 되었다. 하얀 피부만큼 환한 미소를 가진 아이였다. 이름이 채원이라고 했다. 채원이는 시간표와 자신의 연락처를 분홍색 메모지에 적어주며 궁금한 게 있으면 언제든지 물어보라고 했다. 메모지 뒷면에는 '만나서 반가워'라는 문구가 귀엽게 적혀 있었다.

반 친구들 모두가 호의적인 편이었다. 쉬는 시간이 되면 한두 명씩 다가와 자신의 이름을 기억해 달라는 말을 전했다. 모두의 이름을 당장 기억할 수는 없겠지만 이런 따뜻함은 두고두고 가슴에 새기고 싶다고 생각했다.

수업이 두 시간, 세 시간 지나가며 교실 풍경이 어느 정도 눈에 들어오기 시작했다. 수업을 듣고 있는 아이들의 뒷모습을 조용히 훑어 봤다. 여기 아이들은 강남 아이들과 자신들이 꽤 다른 것처럼 이야기 했지만, 막상 두 곳을 다 경험해 본 내가 보기엔 별 차이점이 없어 보였다. 이 작은 나라에서 겨우 한강 다리 하나를 사이에 두고 있을 뿐이니, 어쩌면 너무나 당연한 일일 수도 있다.

창가에 앉은 남자애 뒷모습이 왠지 눈에 익었다. 어디서 봤을까 생각하고 있는데 남자애가 지우개를 손에 쥐고 내 쪽으로 휙 돌았다. 이빨이 몽땅 보일 만큼 환하게 웃는 표정이었다. 아, 지난주 서울역!

지난겨울 내 인생에는 엄청난 변화가 있었다. 새엄마와 오빠가 생긴 것이다. 어릴 때는 엄마가 생기는 게 소원이었지만, 막상 실제로 그렇게 되다고 생각하자 어리둥절하기만 했다. 솔직히 조금은 거부감이 들기도 했다. 아빠와 둘이 살던 집에 새엄마와 오빠가 들어오니 더 이상 우리 집이라는 생각이 들지 않았다.

가족 모임에서 새엄마와 오빠를 공식적으로 소개하고 난 후에는 두 사람의 짐이 우리 집에 들어왔다. 아빠가 혼자 쓰던 방에는 큰 침대와 화장대가 들어왔다. 거실이었던 공간에는 벽을 세우고 오빠 방이 차려졌다. 텔레비전을 보며 누워 있던 내 공간이 사라진 것이다. 아빠는 모두에게 좁고 불편하더라도 당분간만 참아달라고 말했다. 이사 갈 형편도 안 되면서.

곧 두 사람은 원래 이 집에 살던 사람들처럼 자연스럽게 행동했지만, 나는 원래 이 집에 살지 않던 사람처럼 어색해져 버렸다.

한 번은 학교가 끝나고 집에 가니 앞치마를 두른 새엄마가 식탁 앞까지 나와 있었다. 나는 집에 도둑이 든 줄 알고 비명을 질렀다. 당황한 새엄마가 나를 토닥였지만 그 순간엔 내게 새엄마가 생겼다는 사실이 선뜻 떠오르지 않았다. 나 때문에 노릇노릇 익어가고 있던 김치전은 시커멓게 타버리고 말았다.

한 살밖에 차이 나지 않는 오빠와의 관계 역시 만만치 않았다. 오빠는 속옷 차림으로 집 안을 돌아다니고, 새엄마의 말에 큰 소리로 반항했다. 방문을 닫고 있어도 새엄마와 오빠가 싸우는 소리가 들렸다. 그 소리를 듣다못해 한 번은 방 안에서 혼자 "아악~" 하고 크고 긴 비명을 지른 적이 있었다. 내 비명 소리에 새엄마와 오빠의 싸움이 잠시 멈췄다.

엎친 데 덮친 격으로 친구들과의 갈등도 깊어져만 갔다. 친구들은 아무도 내게 엄마가 없다는 사실을 모르고 있었다. 내 친구들 중에는 나처럼 엄마가 없는 애가 한 명도 없었다. 그래서 나도 엄마가 있는 것처럼 말하고 행동했다. 어려서부터 항상 그래왔었고 문제가 됐던 적은 한 번도 없었다. 내 거짓말이 친구들에게 피해를 준다는 생각을 해 본 적도 없었다.

나는 친구들 사이에서 항상 중심에 있었고 매년 반 배정이 달라질 때마다 여러 친구를 사귀었다. 누군가는 우리 그룹에서 어울리다가 소외되기도 했지만 이내 또 다른 누군가가 그 빈자리를 채우며 함께

놀았고, 나에게는 별 어려움이 없었다. 그룹의 인원이 홀수가 되는 것도 아무 문제 없었다.

그러던 어느 날, 세아가 조심스럽게 다가왔다. 세아와는 초등학교 때부터 가장 친한 사이였다. 다른 반이 되었을 때도 우리는 멀어지지 않았다. 세아는 언제나 내 옆자리에 있었다. 예쁘고 똑똑한 세아가 내 친구라는 것이 자랑스러웠다. 내가 그룹의 중심이 될 수 있었던 데에는 세아의 영향도 컸다.

"너네 아빠 요즘에 혹시 이상한 점 없었어?"

세아는 유일하게 아빠 얼굴을 알고 있는 친구였다. 주말에 아빠와 마트에 갔다가 세아네 가족과 마주친 적이 있었는데, 세아는 내가 아빠와 판박이라 깜짝 놀랐다고 한다.

"우리 카페에서 어떤 아줌마랑 손잡고 다정하게 얘기하는 아저씨를 봤는데, 얼굴이 너랑 너무 닮은 거야. 어제저녁 여덟 시쯤에 아빠 집에 계셨어?"

어리둥절한 내 표정을 보고 세아는 자신의 추측에 더욱 확신을 가지는 듯했다.

"야근이나 모임 뭐 그런 걸로 너네 엄마한테는 둘러댔을 수도 있어. 이걸 너네 엄마한테 말씀드려야 돼, 말아야 돼? 아휴, 이걸 진짜 어떡해."

처음에는 정말 사소한 거짓말이었다. 여럿이 둘러앉아 이야기를 나누다가 "나는 갑자기 눈물이 나온 적이 있어"라는 말에 차례로 "나도", "나도", "나도"라는 대답을 하다가 순서가 되어 그냥 "나도"라고 대답해 버린 것과 비슷했다. 그런 분위기에서 혼자 다른 말을 하는 게 어린 나에게는 꽤나 불편하고 부담스러웠으니까.

문제는 그 이후부터였다. 거짓말은 거짓말을 불렀고, 눈덩이처럼 커졌다. 친구들 앞에서 말을 할 때면 뜻하지 않게 엄마가 준 선물, 엄마의 연락에 대한 이야기가 나도 모르게 불쑥불쑥 튀어나오곤 했다. 점점 거짓말이 자연스러워지는 내 모습이 스스로도 걱정스러웠다.

졸지에 아빠는 부도덕한 파렴치한이 되었다. 세아는 세상에 존재하지도 않는 우리 엄마를 걱정하며 어쩔 줄 몰라 했다. 이제 와서 사실 엄마가 없다고 말해도 믿어줄 것 같지 않았다.

그러다가 새엄마와 마주치고 진실을 알아버린 세아는 뒤늦게 분노했다. 나와 친한 친구라고 생각했는데 아니었나 보다, 라며 함께한 시간이 너무 섭섭하다고 눈물까지 보였다. 엄마가 없어서 외로운 것도, 새엄마가 생겨서 스트레스를 받는 것도 나인데 그 순간의 세아는 나보다 더 힘들어했다. 그게 세아와 함께한 마지막이었다.

이후로 다른 친구들도 슬금슬금 나를 피하기 시작했다. 내게 엄마가 있든 없든 우리 관계에 달라질 건 없는데, 내 거짓말이 무슨 피해를 준 것도 아닌데.

친구들에게 한 명씩 '미안해'라는 메시지를 쓰면서 생각했다. 거짓말을 한 건 나쁘지만, 이게 그렇게도 큰 잘못이었을까. 진심으로 나는 친구들에게 미안함을 느끼고 있는 걸까. 느껴야만 하는 걸까. 친구들은 서로 약속이라도 한 듯이 아무도 답장을 보내지 않았다.

겨울방학이 되면서 생활 패턴은 엉망이 되어버렸다. 밤새도록 인터넷을 하고 새벽에야 겨우 잠들었다. 오후 늦게 일어나서는 또 그런 일정의 반복이었다. 새엄마는 나를 어떻게든 잡아보려 노력했지만 나는 보란 듯이 더 말을 듣지 않았다. 새엄마는 새엄마일 뿐, 엄마가 될 수는 없다는 생각이 점점 더 강해질 무렵이었다. 먹고 싶을 때 먹고 싶은 걸 먹고, 자고 싶을 땐 원 없이 자면서 본능에 충실한 생활을 했다.

새벽에 먹방을 보다가 출출해서 냉장고를 열었다. 생리까지 겹쳐 달달한 음식이 엄청 먹고 싶었다. 도넛이나 코코아 같은……. 하지만 새엄마가 오고 나서 우리 집에는 인스턴트 식품이 사라졌다. 나는 그것도 불만이었다. 새엄마는 이것저것 직접 음식을 만들곤 했는데, 말을 안 듣는 오빠도 새엄마의 요리는 좋아하는 눈치였다.

냉동실 문을 닫으려던 찰나 냉동 블루베리 팩이 눈에 띄었다. 아쉬운 대로 국 대접에 블루베리를 수북하게 담고 숟가락을 입에 물었다. 블루베리는 달콤하면서도 시큼했다. 얼어 있는 알갱이가 이 사이에서 시원하게 수분을 터뜨렸다.

다음 날 아빠가 흔들어 깨우는 바람에 눈을 떴다. 방에는 새엄마도 와 있었다. 새엄마는 많이 울었는지 얼굴이 온통 새빨갰다. 겨우 입을 벌리더니 일어나줘서 고맙다는 말을 했다. 어리둥절한 표정을 짓는 내게 아빠는 이게 뭐 하는 짓이냐며 호통을 쳤다.

엉덩이 밑이 축축했다. 잠결에 생리대가 비뚤어졌는지 잠옷과 이불보까지 새빨갛게 피로 물들어 있었다. 입술이 텁텁한 느낌이 들어 새엄마가 주는 물을 한 잔 마셨다. 하얀 머그컵에 입술 모양을 따라 보라색이 진하게 묻어나왔다. 휴대폰 카메라에 비친 내 입술은 시퍼런 빛깔이었다. 영화에서 본 죽어가는 사람의 얼굴 같았다.

팬티가 축축한 건 잊어버린 채 손가락으로 입술을 빡빡 문질렀다. 아빠는 도대체 뭐가 문제냐고 물으며 나를 한심하게 바라봤다.

"그럼 사춘기에 갑자기 새엄마가 생기는 게 그렇게 쉬운 일인 줄 알았어?"

나는 원래 아빠한테 내 생각을 숨김없이 이야기하는 편이었다. 내 말에 아빠는 깜짝 놀란 표정을 지으며 새엄마 눈치를 살폈다. 새엄마는 아빠 손을 잡고 괜찮다고 말했다.

"이 자식아, 쉽지 않아도 서로 노력을 해야지."

새엄마 앞이라고 평소보다 훨씬 부드럽게 말하는 아빠 모습이 우스웠다. 나는 벽 쪽으로 고개를 돌리고 피식 웃어버렸다. 그러고는 다시 아빠를 보고 말했다.

"다시 시작하고 싶어."

어쩌다 그런 말을 하게 됐는지 모르겠지만 말하고 보니 진짜 그러고 싶었다. 친구 없는 학교에 가는 것도 싫었고 새엄마, 오빠와 이렇게 어색한 관계를 이어가는 것도 싫었다. 다시 시작할 수만 있다면 뭐라도 할 수 있을 것만 같았다.

"엄청나게 큰일도 생각하기에 따라 별일 아니기도 해. 행복도 습관이래. 행복을 얼마나 느끼는지 그런 것들이 다 내가 마음먹기에 달린 건데, 그런 마음을 먹는 게 별거 아닌 것 같으면서도 어렵게 느껴질 때가 있지."

새엄마는 마주칠 때마다 명언 비슷한 알 수 없는 말들을 해댔다. 새엄마가 하는 말들은 꽤 길어서 다 듣기도 전에 방문을 닫고 들어와 버린 적도 많았다. 그런데도 포기하지 않고 주절주절 말을 늘어놓는 새엄마의 노력이 대단하다는 생각도 들었다. 또, 오빠는 집에서 운동복을 입게 되었다. 속옷 차림을 볼 때보다 한결 마음이 편해졌다.

하지만 아무리 마음을 다잡는다고 해도 친구 없는 학교를 즐겁게 다니는 일은 어려웠다. 친구 관계로 어려워하는 아이들을 여러 번 본 적이 있었지만, 내가 당사자였던 적은 한 번도 없었다. 거짓말쟁이가 되어버린 나한테 다가오는 아이는 이제 하나도 없었다. 교실에 앉아 있으면 애들이 모두 내 쪽을 바라보고 수군거리는 것 같았다. 어쩌면 나 혼자 그렇게 느끼고 있는 건지도 모르겠다는 생각도 들었다.

아빠, 새엄마와 오랜 상담 끝에 나는 잠시 학교를 쉬기로 했다. 대신 봉사 활동을 다녀야 한다는 조건이었다. 평일에는 인근 보육원과 양로원을 번갈아 방문했고 주말에는 서울역 무료 급식소에서 봉사했다.

그러던 중, 고모로부터 반갑지 않은 소식을 듣게 됐다. 할머니가 치매 진단을 받았다는 것이었다. 할머니는 나를 키워주신 분이다. 엄마의 빈자리가 느껴지지 않도록 더 많이 신경 써서 키워주셨다는 걸 나는 누구보다 잘 알고 있다. 하지만 중학생이 되고 나서는 바쁘다는 핑계로 겨우 방학 때나 한 번씩 할머니를 찾아뵙곤 했었다.

할머니의 치매는 이미 어느 정도 진행된 상태인 것 같다고 했다. 치매에 대해서는 학교에서 다큐멘터리를 본 적이 있어 대충 알고 있었지만, 어린아이처럼 행동한다는 할머니의 모습이 차마 그려지지 않았다. 그동안 모두의 무관심 속에서 할머니는 병들어 가고 있었던 것이다.

새엄마는 큰 결단을 내렸다. 치매인 할머니를 돌보기 위해 살림을 합치기로 한 것이다. 내게는 가장 소중한 할머니를 정성껏 돌보고 싶다는 말에 눈물이 날 만큼 고마운 마음이 들었다. 새엄마의 말과 행동이 가식이 아닌 진심이라는 게 느껴졌다. 나는 잠시나마 새엄마의 말을 잘 듣겠다고 다짐했다.

마침 오빠가 진학하려고 하는 고등학교도 할머니 댁 근처였고 아빠 직장도 더 가까워졌다. 누구보다 새 출발이 간절했던 내게는 말할 것도 없이 반가운 결단이었다.

＊

다시 태어난 것 같은 하루였다. 담임 선생님 말대로 반에 좋은 친구들이 많았다.

방과 후에는 학교 앞 공부방에 다니기로 했다. 시설이 깔끔하게 잘

되어 있기로 유명한 곳이었지만 이용하는 사람은 생각보다 많지 않은 듯했다. 봉사하는 언니에게 서류를 보여주고 빈자리를 찾아 앉았다.

나에 대해서 더 욕심이 났다. 친구들과도 잘 지내고 이제 공부에도 욕심을 내고 싶었다. 주위 사람들에게 베풀 수 있는 사람이 되고 싶다. 따뜻한 심성을 가지고 주위에 도움이 되는 사람이 되고 싶다. 최근에 새엄마와 봉사 활동을 다니면서 갖게 된 생각이었다. 아직 장래희망이 뭐라고 콕 집어 말할 수는 없지만 봉사 활동이 나를 행복하고 너그럽게 만들어주고 있다는 건 분명히 알아차릴 수 있었다.

가장 어려운 과목부터 공부하려고 수학 교과서를 폈다. 전 학교와 교과서는 달랐지만 단원명이 비슷한 걸 보니 배우는 내용도 별반 다르지 않은 것 같았다. 꼬부랑 수식을 보자 나도 모르게 눈이 슬슬 감겼다. 아, 이러면 작심삼일도 아닌데, 안 되는데. 고개를 가로저었지만 눈은 쉽게 떠지지 않았다. 긴장된 마음에 어젯밤에 뒤척이며 잠을 제대로 자지 못한 탓일 것이다.

다시 눈을 뜨고 주위를 둘러봤더니 아까보다 두 명이 더 앉아 있었다. 목발을 짚고 온 아이도 있었다. 우리 교실에도 목발을 짚은 친구가 있었는데……. 순간 목발이 있는 자리에 앉은 아이가 기지개를 켜며 옆을 돌아봤다. 눈이 마주쳤다.

"어? 안녕!"

반가운 마음에 소리 내어 인사를 하고는 목소리가 너무 컸나 싶어 급히 입을 가렸다. 같은 반 친구였다. 그렇게 인사만 주고받고는 한참

동안 몸을 숙여 각자 시간을 보냈다. 나는 다이어리에 오늘의 일기를 남겼다.

여섯 시가 되니 옆에서 정리하는 소리가 들렸다. 건물 1층에 있는 분식집이 떠올랐다. 옆의 친구랑 같이 떡볶이를 먹으면서 대화도 나누고 친해질 수 있는 기회인 것 같아 서둘러 따라 나갔다.

"너도 여기 다녀?"

"응."

왠지 내 물음이 반갑지 않은 눈치였다. 대답은 짧게 끊어졌다.

"여기 공부방 시설 되게 좋다. 아는 사람 없어서 어색했는데 우리 반 친구 만나서 다행이야. 나 오늘 전학 온 유다희. 넌 이름이 뭐야?"

"방신화."

"앞으로 잘 부탁해. 아, 배고프다. 우리 떡볶이 먹고 갈래? 밑에 떡볶이집 있던데."

신화가 놀란 표정으로 나를 바라봤다.

"나 돈 없는데?"

"내가 사줄게. 전학 온 기념으로? 공부방 친구 생긴 기념으로?"

나는 슬그머니 신화에게 팔짱을 끼고 분식집 쪽으로 이끌었다. 신화는 마지못해 따라오는 것처럼 보였지만 싫은 것 같진 않았다.

신화는 분식집 언니와 잘 아는 눈치였다. 신화 찬스 덕분에 1인분을 시켰는데도 적지 않은 양이 나왔다.

"발은 어쩌다 다친 거야? 불편하겠다."

질문을 던지고는 실수한 것 같아 아차 싶었다. 세상에 당연한 건 없다. 모두에게 같이 사는 엄마가 있지 않은 것처럼 누군가는 원래 발이 불편할 수도 있으니 말이다. 그런데 아뿔싸, 말은 이미 쏟아져 버렸으니.

"수학여행 때 놀이공원에서 넘어졌어. 그날 비가 엄청 많이 왔거든."

신화의 반응에 가슴을 쓸어내렸다. 많이 다치지 않아 다행이라는 생각도 들었다.

"아, 수학여행 지난주였다며. 재밌었겠다. 일주일 더 빨리 왔으면 나도 갈 수 있었을 텐데 아쉽다."

신화는 대답 없이 떡볶이를 먹었다. 평소에도 떡볶이를 꽤 좋아하는 듯싶었다. 역시 중학생들에게 떡볶이란. 그때 분식집 언니가 김밥을 한 줄 가져왔다.

"못 보던 친군데?"

"오늘 전학 왔어요. 유……."

"유다희라고 합니다. 앞으로 잘 부탁드려요."

"새로운 친구구나. 반가워! 이거 서비스! 앞으로 신화랑 자주 와."

떡볶이 1인분도 이렇게 많은데, 김밥까지 서비스라니. 한강 건너의 분식집 인심이란 이런 것인가. 감탄하다가 저녁을 해놓고 기다리고 있을 새엄마 생각이 났다. 휴대폰을 열어 새엄마에게 메시지를 전송했다. 친구를 사귀느라 늦었다고 하면 새엄마도 이해해 줄 것이다.

"여기 언니랑 어떻게 이렇게 잘 알아? 친척이야?"

'친척'이라는 단어에서 신화가 웃음을 터뜨렸다.

"아니. 공부방 다니면서 저녁을 몇 번 같이 먹었어."

신화는 다음엔 꼭 본인이 떡볶이를 사겠다고 몇 번이나 얘기했다. 처음이라 어색한 느낌은 있었지만 좋은 친구 같았다.

친구랑 떡볶이를 먹고 왔다는 내 말에 새엄마는 조용히 엄지손가락을 들어 보였다.

"너 서울역 배식팀 맞지?"

내 물음에 남자애는 입을 벌리면서 놀라는 표정을 지었다. 그리고는 검지를 들어 나를 가리키는 시늉을 했다.

"지난주 서울역 배식팀 맞는데. 아, 미안. 너를 본 기억이 없네."

"그럴 수 있어. 나 지난주엔 조금 늦어서 설거지하고 뒷정리만 했거든. 지지난 주에는 나도 배식했는데."

"그래? 어쨌든 반갑다!"

남자애는 스스럼없이 인사하며 이빨이 몽땅 보일 만큼 크게 웃었다.

"유다희지? 나는 이현석이야."

"너 매주 해?"

"그러려고 하고 있지."

"그럼 앞으로도 자주 보겠네!"

"평온역에도 무료 급식소 생기는 거 알고 있지?"

"진짜? 나 몰랐어! 평온역에도 얼른 생기면 좋겠다. 다니기도 훨씬 편하고."

복도에서 둘이 얘기를 하고 있자니 장난기 많은 남자애들이 창문을 열고 놀려대기 시작했다.

"오오~ 얼레리꼴레리~"

초등학교 시절이 생각났다. 별것도 아닌 일로 서로 놀리며 재미있어하던 시절. 할 수만 있다면 그때로 돌아가 더 잘해보고 싶다. 세아에게만이라도 엄마가 돌아가셨다는 말을 솔직히 털어놓고, 건강한 할머니를 만나 더 많은 추억을 만들고 싶다. 이제 와서 이런 생각을 해도 아무런 소용없겠지만.

담임 선생님과 새엄마의 말대로 전학 와서 받는 주목은 딱 하루였다. 하루 더 여파가 있긴 했지만 그 정도는 그럭저럭 견딜 만했다. 아이들 사이에서 두루두루 말을 잘 건네고 잘 웃는 내가 성격이 좋다는 소문이 퍼지고 있었다.

"유, 다희."

남자애들이 내 이름을 부르는 빈도가 잦아졌다. 자연스럽게 부르는 것이 아니라 성과 이름 사이에 어느 정도 휴지를 두며 뭔가 대단한 메시지를 전하는 것처럼 손가락질까지 더했다.

책을 읽는 도연이 옆에서 신화와 같이 음악을 듣고 있었다. 태영이가 할 말이 있는 것처럼 내게 다가오더니 검지로 나를 가리키며 말했다.

"유, 다희."

"뭐, 뭐?"

대수롭지 않은 반응에 태영이는 곧바로 돌아갔다. 뭐가 그렇게 신이 나는지 어깨가 들썩일 정도로 웃고 있었다.

그때 도연이가 소리 날 정도로 세게 책을 덮더니 화난 얼굴로 말했다.

"남자애들 안 되겠는데?"

상황의 심각성을 느꼈는지 신화도 음악을 끄고는 도연이를 바라봤다.

"저거 게임에 나오는 거거든. 유, 다희. You died! 게임에서 죽으면 나오는 그 구절 가지고 애들이 놀리는 건데."

도연이는 본인 일처럼 기분 나빠 했다.

"선생님께 말씀드리자. 가만히 있으니까 괜찮은 줄 알고 계속하고 있어."

"워워."

자리에서 일어나려는 도연이를 신화가 앉히며 다독였다. 남자애들이 나를 놀리고 있다는 사실과 나를 진심으로 걱정하는 친구가 있다는 사실을 동시에 깨달은 나는 자꾸만 미소가 지어졌다.

"괜찮아."

내 반응에 도연이는 적잖이 놀란 눈치였다.

"그런 말로 놀리는 건 좀 아니지 않아? 네가 괜찮다면 뭐 괜찮은 거지만."

"괜찮아. 쟤들이 저런다고 나 안 죽어. 빨간 펜으로 이름 아무리 써도 안 죽는 거랑 똑같아."

"대박. 성격 진짜 좋다."

신화는 내 성격에 감탄한 듯 말했다.

"네가 그렇다면 그런데, 만약 조금이라도 힘들면 선생님께 말씀드리자. 직접 말하기 어려우면 채원이 통해서라도."

"어? 내 이름 나왔다!"

마침 교실에 들어온 채원이가 자기 이름을 듣고 재빨리 도연이 쪽으로 다가왔다. 아무것도 아니라는 도연이 말에 채원이는 궁금하다며 살짝 눈을 찡그리더니 바쁜 일이 있는 사람처럼 칠판 앞으로 향했다.

다음 주 금요일 자치 시간에 부반장 선거♡
채원이와 함께 2반을 이끌고 싶은 사람 지금 당장 담임쌤께 고고!

동글동글한 글씨체가 귀여웠다. 교실 앞에 서 있는 채원이에게 친구들 몇 명이 다가가 하는 말이 들렸다.

"부반장 김준서 하라고 해. 둘이 데이트도 할 겸 임원 활동도 할 겸."

"안 돼. 엄숙한 임원 활동을 연애의 장으로 만들 수는 없지."

친구들 사이에서 채원이는 두 손을 흔들며 대답 없이 웃었다. 반장 채원이에게는 남다른 진심이 느껴졌다. 가산점을 받기 위해 반장에 나오는 아이들과는 다른 느낌이 있었다. 나는 지금의 이 상황이 모두 다 너무 고마워서 말없이 미소만 지었다.

*

하루도 빠지지 않고 방과 후에는 공부방으로 향했다. 새엄마는 할머니 때문에 집에서는 공부할 분위기가 만들어지지 않는다며 늦게 들어오라고 말했다. 근처에 괜찮은 공부방이 있어 다행이라는 말도 덧붙였다. 오빠도 학원에 다니기 시작하면서 밤이 어두워지고 나서야 집에 왔다.

공부 계획을 세우기 위해 다이어리를 폈지만 쓰다가 보면 다른 데 더 집중하게 되었다. 의도와 다르게 테두리를 꾸민다거나 스티커를 붙이는 일에 에너지를 많이 쓰고 있었다. 하지만 더 정성껏 예쁘게 꾸미고 싶었다.

잠들기 전에 할머니께 내 다이어리를 보여드리고 있다. 내가 방에 들어가면 할머니는 하나뿐인 손녀라며 눈물짓다가, 다시 나를 빤히 바라보더니 누구냐는 질문을 하시기도 했다. 어제는 내 이름을 아무리 알려드려도 제대로 알아듣지 못하시는 것 같았다. 생각보다 할머니의 증세가 심각한 것 같다는 생각이 들었다.

그럼에도 아직 내 다이어리에는 관심을 보이셨다. 알록달록 예쁜 색깔로 꾸민 다이어리를 보여드릴 때면 할머니 입가에 미소가 떠올랐다. 젊은 시절 할머니는 유치원에서 아이들을 가르치셨다고 한다. 할머니는 유난히도 손재주가 좋아 색종이만 있으면 뭐든 뚝딱 만들어내셨다. 어린 시절의 내 눈에 할머니는 마법사나 다름없었다.

옆에 앉은 신화는 무슨 공부를 하나 싶어 슬쩍 책상을 훔쳐봤다. 신화도 다이어리를 꾸미고 있었다. 내 시선을 눈치챈 신화는 두꺼운 펜으로 색칠하던 손짓을 잠시 멈췄다. 눈이 마주친 우리는 서로 어색하게 웃었다.

신화에게 휴게실에서 보자며 면회를 신청했다. 어제 깁스를 푼 신화는 한결 몸이 가벼워진 것 같았다. 풋! 휴게실에서 마주 보자마자 둘 다 웃음이 터져버렸다.

"너도 다이어리 써?"

내가 먼저 운을 뗐다. 신화는 웃는 얼굴로 고개를 끄덕이더니 대답을 덧붙였다.

"기말고사는 진짜 잘 봐야 되는데 자꾸 이러고만 있네."

"다이어리 조금 보여줄 수 있어?"

내 물음에 신화는 조금 놀란 표정이었다. 다이어리를 보여주는 일이 어색한지 선뜻 대답하지 못했다. 친구에게 할머니 얘기를 한 적은 여태까지 한 번도 없었다. 할머니가 키워주셨다는 얘기를 하면 자연스럽게 엄마가 안 계시다는 말로 넘어가게 될 테니까. 나는 처음으로 용기 내어 입을 열었다.

"나는 할머니 보여드리려고 다이어리를 열심히 꾸미고 있거든."

"너도 할머니랑 같이 살아?"

순간적으로 신화의 두 눈이 동그랗게 커졌다. 표정도 한 톤 더 밝아진 듯했다. 신화도 할머니랑 같이 사는 것 같았다. 나도 모르게 입이 열렸다.

"응, 할머니네 집으로 이사 온 거거든."

"아, 그래? 나도 그런데."

신화는 내가 왜 할머니네 집으로 이사 왔는지 묻지도 않고 오히려 반가워하기만 했다. 나 역시 마찬가지였다. 신화가 왜 할머니네 집으로 이사 왔는지는 궁금하지 않았다. 신화도 할머니와 같이 산다는 사실이 반가울 뿐이었다.

"할머니가 지금 치매에 걸리셨는데 내가 해드릴 수 있는 게 다이어리 보여드리는 일밖에 없어서. 우리 할머니가 원래 알록달록하고 예쁜 거 되게 좋아하셨거든? 그런데 진짜 신기하게 지금도 그런 거 보면 좋아하셔. 기억이 오락가락하시는데도. 아, 우리 할머니가 어릴 때 나를 키워주셨거든. 엄마가 일찍 돌아가셔서."

한번 입이 열리자 솔직한 말들이 줄줄 이어져 나왔다. 우리 가족 얘기를 처음으로 털어놓고 있다는 생각이 불현듯 떠올랐지만, 더 이상 숨기고 싶지 않았다. 신화는 놀라지도 않았고 더 물어보지도 않았다. 그저 묵묵히 내 말을 들어줄 뿐이었다.

이렇게 쉬운 일이었다. 할머니가 치매에 걸리신 것도, 엄마가 돌아가신 것도 내 잘못은 아니다. 이런 말을 들었을 때 나를 안 좋게 보고 탓할 사람은 아무도 없을 것이다. 문득 세아가 보고 싶었다.

신화가 자리에서 벌떡 일어나 다이어리를 가지고 왔다.

"나도 잘 못 꾸미는데, 그냥 하는 거라서."

다이어리를 건네는 신화는 부끄러운지 홍당무처럼 얼굴이 새빨개졌다. 내 다이어리보다 더 색이 다양하고 그림이 많은 게 특징이었다. 간지러운 문구도 많이 쓰여 있었다. 고개를 들자 눈이 마주쳤다.

"와, 너 그림 되게 잘 그린다. 다음에 내 다이어리에도 그림 하나 그려줘."

신화는 새빨간 얼굴로 고개를 끄덕였다.

"웃는 얼굴. 하하, 근데 이거……."

신화의 다이어리 속 웃는 얼굴에 시선이 멈췄다. 왠지 어디서 본 듯한 느낌이었다. 신화가 눈을 동그랗게 뜨고 나를 빤히 바라봤다.

"이렇게 웃는 애 우리 반에 있잖아. 우리 반 애 닮은 것 같은데?"

이름이 선뜻 떠오르지 않아 미간을 찌푸리고 생각을 집중해 봤다.

"이현석! 걔가 이렇게 웃지 않아?"

"무슨 말이야? 아니야. 아니야!"

아니라고 말하는 신화 얼굴이 더 붉어졌다.

"스마일보다 조금 더 크게 웃는 것처럼 그렸을 뿐이야……."

"신화 너는 되게 감성적이고 열정적인 친구 같다. 그림도 잘 그리고."

진심이었다. 이런 친구와 같은 공부방에서 있을 수 있어 행운이라고 생각했다. 어리둥절한 표정을 짓고 있는 신화의 얼굴이 점점 더 붉어졌다.

"내, 내가?"

"으응."

"엥, 이거 다 노래 가사야. 내가 쓴 글은 별로 없어. 올해 초까지만 해도 틴보이즈 덕질하느라 정신이 없었거든."

변명하느라 바쁜 신화 모습이 귀여웠다.

"나 전학 온 첫날, 담임샘이 반에 좋은 친구 많다고 했거든? 그런데 진짜 그런 듯. 이렇게 감성적이고 열정적인 신화도 있고, 도연이도 말하는 거 되게 재밌더라?"

"도연이? 도연이가 재밌다고?"

신화의 목소리가 점점 더 커졌다. 도저히 믿을 수 없다는 눈치였다. 나는 신화의 새빨간 얼굴을 보며 웃을 뿐이었다. 이런 얘기를 더 했다가는 신화 얼굴이 폭탄처럼 팡 하고 터질 것만 같아서 각자 다이어리를 더 꾸미면서 마음을 진정시키기로 했다.

분위기가 심상치 않았다. 현관문 앞에는 갈기갈기 찢긴 두루마리 휴지가 여기저기 흩어져 있었다. 주방에는 살이 부러진 비닐우산이 활짝 펴져 있고, 거실에는 액자가 떨어져 있었다. 할아버지의 서예 작품이었다.

할머니와 할아버지는 유난히도 금슬이 좋았다. 그래서 할머니는 할아버지가 돌아가신 후 정말 많이 힘들어하셨다. 할아버지가 안 계시는 지난 2년 동안 할머니에게는 무슨 일이 있었던 걸까. 할머니의 마음은 하루하루 어떠했을까.

앗, 깨진 유리 조각을 밟아버렸다. 하얀 양말 위로 빠알간 피가 번져 나왔다. 다행히 상처가 크지는 않았다.

"움직이지 말고 서 있어."

할머니 방에서 새엄마가 나왔다. 이사 온 후로 새엄마는 하루가 다르게 수척해지는 것 같았다. 방 안에서는 할머니가 끊임없이 뭔가 소리치고 있었는데 발음이 분명하지 않아 정확히 알아들을 수는 없었다.

"에고, 벌써 밟았네. 아프지? 소독해야겠다."

새엄마는 재빨리 유리 파편을 쓸어 담았다. 나는 발바닥을 간단히 지혈하고 슬그머니 할머니 방문을 열었다.

"우산 주러 가야 된다니까 못 가게 해. 엉엉. 우하라버지 버러 뛰가 날가……."

나와 눈이 마주치자 할머니가 우는 시늉을 하며 더 큰 목소리로 알아듣기 어려운 말들을 하기 시작했다.

"하, 할머니……."

내 말에 할머니는 발버둥을 치며 크게 울었다. 조심스럽게 다가가 할머니를 꼭 껴안았다. 걱정이 된 새엄마는 급하게 달려오며 내게 조심하라고 외쳤다. 내 품에 안긴 할머니는 먼 곳에 시선을 고정한 채 가만히 있었다.

할머니를 꼭 안고 등을 토닥였다. 어릴 때 내가 울고 있을 때면 할머니가 해주던 행동이었다. 따뜻한 품에 안겨 할머니 냄새를 맡고 있다 보면 감정이 누그러지면서 잠이 솔솔 오곤 했다. 엄마가 돌아가시고 아빠는 일 때문에 거의 집을 비웠지만 이렇게나마 내가 멀쩡하게 클 수 있었던 건 다 할머니 덕분이었다. 어린 시절 나처럼 할머니도 눈을 스르륵 감고 꿈나라에 발을 들여놓고 있었다. 조심해서 할머니를 자리에 눕혔다.

어느새 퇴근한 아빠가 집에 도착한 모양이었다. 안방에서 새엄마와 나누는 대화 소리가 조그맣게 새어 나왔다.

"어머님 정도면 그렇게 심각한 것도 아니고 폭력적인 편도 아니라 괜찮아요. 제가 좀 더 돌볼게요."

"하루가 다르게 안 좋아지시니까 그러죠. 당신 볼 면목도 없고. 이러자고 합친 것도 아닌데."

"괜찮다니까요. 제가 진짜 버거워지면 그때 얘기할게요."

"힘들면 망설이지 말고 꼭 얘기해 줘요. 요즘은 요양병원도 예전이랑 많이 달라져서 괜찮다니까 그렇게 안 좋게 생각할 것도 없어요. 또 우리가 자주 찾아뵈면 되잖아요. 어머니 저러고 계시니까 민석이 녀석도 더 밖으로만 도는 것 같고."

"민석이도 자기가 이제 진짜 잘한다고 했으니까 조금 더 믿어봐요."

"미안해요. 힘든 결정 해서 합쳤는데 이 고생만 시키고."

"에이, 내가 다희 같은 딸 생겨서 얼마나 좋은지 몇 번이나 얘기했죠? 그럴 필요 없어요."

할머니를 요양병원에 보내자는 쪽은 오히려 아빠였고 더 잘 돌보겠다고 얘기하는 쪽이 새엄마였다. 어느 쪽이 옳은 판단인지는 잘 모르겠지만 새엄마가 대단해 보이는 것만은 확실했다. 갈수록 귀가가 늦어지는 오빠에게 무슨 일이 있는 건가 궁금증이 생겼다가도 새엄마 입에서 내 이름이 나오니 부끄러워 다른 생각이 들지 않았다.

그때 새엄마가 방문을 열고 나왔다. 내가 얘기를 듣고 있으리라고는 생각하지 못한 눈치였다.

"오자마자 많이 놀랐지?"

"무슨 일이 있었던 거예요?"

학교에서 본 다큐멘터리의 내용을 떠올려봤을 때, 그리고 아까 할머니의 행동을 봤을 때 어느 정도 짐작은 갔다. 두루마리 휴지가 장난감이나 되는 것처럼 손으로 입으로 마구 뜯어 던졌을 것이고 벽에 걸린 액자를 손으로 잡아챘을 것이다. 무작정 우산을 돌려줘야 한다고 나가려고 했던 걸까. 우산살까지 부러진 것을 보면 정말 위험한 상황이 되었을지도 모른다.

새엄마는 지친 듯이 소파에 주저앉았다. 머리칼을 뒤로 넘기더니 조그맣게 한숨을 내쉬고는 겨우 입을 열었다.

"사람이 태어났을 땐 누구나 아기라서 혼자서 아무것도 할 수 없잖아? 혼자만의 힘으로 홀로 서는 것은 불가능한 일이니까. 우리 모두는 누군가의 도움이 있었기에 이렇게 성장한 거고. 다희도 부모님, 할머니, 할아버지의 도움이 있었으니 지금처럼 건강하게 큰 거겠지?"

새엄마는 너무 당연한 말들을 그럴듯하게 늘어놨다. 정말 하고 싶은 이야기는 아직 나오지 않은 것 같았다.

"믿기지 않겠지만 나도 아기였을 때가 있었어. 엄마, 아버지 일 때문에 열 살 때까지 할머니 손에서 컸어. 어릴 땐 그게 왜 그렇게 부끄럽고 싫었는지 몰라. 고맙다는 생각은커녕 왜 이렇게밖에 못 해주냐는 원망이 더 컸어. 할머니 집에서 나온 뒤로 한 번도 할머니를 안 봤어. 치매로 요양병원에 계시다는 말을 듣고도 찾아갈 자신이 없더라. 그런데 그렇게 돌아가시고 영정 사진으로 마주하니까 그때에야 정신이 번쩍 드는 거야. 내가 도대체 무슨 짓을 한 건지. 양로원이니 무료 급식소니 다른 데로는 봉사도 하러 다니면서 정작 우리 할머니한테는 무슨 짓을 한 건지. 5년 동안 죄책감 속에 살았어. 저물어가는 할머니한테 밥 한 끼라도 차려드릴걸, 나는 할머니가 차려준 밥을 그렇게도 많이 먹고 컸는데. 그런 생각이 많이 들더라. 어쨌든, 다희 할머니께는 최선을 다해보고 싶어. 후회하지 않게, 또 죄책감 속에 힘들어하지 않게."

어느새 다가온 아빠가 내 옆에 나란히 서 있었다. 나는 무슨 말을 해야 할지 모르겠어서 입속에 공기를 한껏 불어넣었다. 어쩌면 새어 나오는 눈물을 참기 위해서 한 행동이었는지도 모르겠다.

"채원이가 그러는데 아직 부반장 후보 나온 사람이 한 명도 없대."

신화가 막 교실에 들어오며 말했다. 분홍색 틴트를 연하게 바른 입술이 형광등 불빛에 반짝였다.

나는 반장은 해본 적 없지만 부반장은 두 번이나 해봤다. 친구들의 중심에서 즐겁게 학교생활을 했던 데는 감투를 썼다는 이유도 있었을까.

"하고 싶어 하는 애들 많을 텐데, 다음 주에 입후보하겠지 뭐."

도연이가 대수롭지 않게 대꾸했다. 신화가 교실 안을 두리번거리더니 내 얼굴에서 시선을 멈췄다.

"다희 넌 어때?"

갑작스런 신화의 말에 깜짝 놀라 멈칫했다. 그때 도연이가 동그란 안경을 슬쩍 위로 올리더니 신화 앞에 있는 책상을 가볍게 두드렸다.

"전학 온 지도 얼마 안 됐는데 다희한테 왜 그러냐? 다희도 이 학교에서 무르익는 시간이 필요해."

자신의 말이 무시당했다고 생각했는지 신화가 입을 샐쭉거렸다. 기회가 주어진다면 해보고도 싶었지만 도연이 말이 맞았다. 나는 이 학교에서 무르익는 시간이 필요할 것이다. 아직은 아니다. 더구나 다음 주 금요일에는 체험학습으로 선거에 참여하지 못할 수도 있다.

"뭐 물론 다희 생각이 중요하겠지만."

대답이 없는 내 모습에 당황한 도연이가 급히 말을 덧붙였다. 나는 도연이를 보며 환하게 웃어 보였다.

"내가 무슨 부반장이야. 그리고 나 다음 주에 체험학습 가서 선거도 못 할지도 몰라."

"이디 가?"

신화는 우리 집 사정을 다 알고 있다. 치매에 걸린 할머니와 새엄마, 그리고 오빠까지. 같이 공부방을 다니면서 나는 짐을 덜어내듯이 우리 집 사정을 신화에게 하나씩 다 털어놓았다. 신화는 더 묻지도 않고 내 이야기에 진심으로 귀 기울여 주었다.

"우리 할머니 결국 요양병원에 가시게 됐어."

책을 펴던 도연이 눈동자가 동그래지며 내게 시선이 옮겨졌다. 그동안 신화한테 했던 얘기가 도연이에게는 전달되지 않은 모양이었다.

"치매가 있으시거든. 그동안 새엄마가 돌봐주셨는데……."

도연이에게도 아무렇지 않게 얘기해 버렸다. 도연이는 안경을 한 번 고쳐 썼을 뿐 표정에 큰 변화가 없었다. 나는 친구들의 어떤 반응을 상상했던 걸까. 이렇게 쉬운 것을, 왜 오랫동안 말하지 못했던 걸까. 한번 털어놓은 진실은 더 이상 숨길 이유가 없었다. 솔직하게 말하는 게 얼마나 간단한 일인지, 마음이 다 후련했다. 진실과 거짓말이 이토록 무게가 다른 줄 미리 알았더라면 진작 다 털어놨을 텐데.

"할머니 고향 근처 병원으로 가기로 했어. 내려가는 길에 할머니 고향에서 며칠 동안 같이 시간도 보내고 하려고."

신화와 도연이 둘 다 진지한 표정으로 내 얘기에 집중했다. 도연이가 조심스럽게 입을 열었다.

"그렇구나. 고향 근처가 괜찮으시겠다. 낯선 지역보다는."

신화도 도연이의 말에 천천히 고개를 끄덕였다. 싱거운 반응에 웃음보가 터질 것만 같았다. 어쩌면 속이 시원해서일지도 몰랐다.

"아, 그러니까 나 학교 안 와서 보고 싶어도 조금만 참아. 알겠지?"

일부러 익살스러운 표정을 지으며 장난스럽게 말하자 친구들 표정도 편하게 누그러졌다. 둘의 얼굴을 번갈아 바라보고 있다 보니 문득 세아가 떠올랐다.

세아를 다시 만난다면 무슨 말을 먼저 해야 할까. 거짓말을 해서 미안하다고 다시 사과해야 할까. 거짓말을 할 수밖에 없었던 그 시절의 상황을 천천히 설명해야 할까. 이제라도 솔직하게 말하면 세아는 이해해 줄까. 오늘 저녁에는 꼭 연락해 보기로 다짐했다.

열다섯 우리,
작은 연대도
소중해

신화는 노래방 앞에 도착하자마자 입구에 틴보이즈의 새로운 브로마이드가 붙었다며 호들갑이었다. 신화의 성화에 이전부터 틴보이즈의 사진을 여러 번 봤지만 아직도 나는 멤버 이름도 안 외워지고 얼굴도 잘 구별할 수 없었다. 멤버 모두 너무 잘생기지 않았냐는 신화의 물음에도 동의하기 어려웠다. 내 반응이 시큰둥하자 신화는 입술을 삐죽 내밀더니 노래방 안으로 향했다.

오랜만에 찾은 노래방이었다. 최근에는 공부해야 한다며 좀처럼 노래방에 가자는 말을 하지 않았다. 그러다가 정작 시험이 다가오자 노래방에 가고 싶다니.

신화가 노래방에 가고 싶다고 하면 나는 신화를 따라 노래방으로 향한다. 내가 도서실에 간다고 하면 신화가 따라와 주는 것과 비슷했다. 사실 혼자 도서실에 가도 상관없을 것이다. 신화가 없었다면 나는 올해도 작년처럼 계속 혼자 다녔을 것이다. 어차피 인생은 혼자 사는 거니까. 가끔은 귀찮기도 하다. 하지만 신화와 멀어지고 싶지는 않다.

신화가 부르는 노래들은 대체로 순서가 정해져 있다. 처음 부르는 노래에 유난히도 고음이 많다. 간주가 나오는 동안 나는 숨을 고르고 신화의 고음을 감당할 준비를 한다. 하나, 둘, 셋, 양손의 검지로 내 귀를 꽉 틀어막았다. 나는 다른 사람들보다 소음에 대한 역치가 낮은 걸까. 귀가 너무 아프다.

신나게 고음을 지르던 중간에 삑사리가 났다. 나는 뒤에서 킬킬대며 웃었다. 신화는 나를 힐끗 돌아보더니 다시 아무렇지 않게 노래를 불렀다.

"목 안 아프냐?"

신화는 민망한 듯 목의 앞부분을 한 손으로 살짝 쓸더니 대답했다.

"오랜만에 왔더니 목이 좀 굳은 것 같네."

집에 가는 길에는 오랜만에 떡볶이를 먹기로 했다. 오늘도 신화는 정확히 1,250원을 준비해 왔을 것이다. 언제부터 우리가 이렇게 칼 같은 관계가 되었는지는 잘 모르겠다. 하지만 오히려 편하게 느껴질 때가 많다.

"안녕하세요."

요즘 들어 신화가 빛나 분식 언니와 부쩍 친해진 느낌이었다. 신화 성격에 이런 관계를 만들기가 쉽지 않았을 텐데.

"어, 오늘은 도연이랑 왔네?"

언니에게 꾸벅 인사를 하고는 넌지시 신화를 바라봤다.

"요즘 다희랑 몇 번 왔었거든."

신화가 변명하듯 대답했다. 다희가 전학 오고 나서 어떻게 하다 보니 셋이 함께하는 일이 많아졌다. 밝고 긍정적인 다희가 우리 사이에 들어오면서 웃을 일이 많아진 선 사실이었다. 솔직히 신화랑 둘이 있을 때는 별로 말이 통하는 느낌이 아니었다. 서로를 무시하며 티격태격 다툴 때도 많았고 정적이 흐르는 순간도 자주 있었다.

상관없다고 하면서도 신화가 다희랑 더 친해졌다는 느낌이 들 때면 왠지 모를 질투심이 고개를 들었다.

"다희랑 친한가 보다?"

"어쩌다 보니 그렇게 됐어."

"다희도 연예인 좋아해?"

"관심은 많은데 덕질까지는 아니고."

신화와 나 사이에는 눈을 씻고 찾아봐도 이렇다 할 공통점이 없었다. 대화를 주고받다가도 툭툭 끊길 때가 많았다. 내가 뉴스에서 보거나 책에서 읽은 재밌는 얘기를 해줘도 신화는 전혀 흥미로워하지 않았다.

만약 신화가 다희와 공감대를 형성하면서 더 가까워지면 나는 자연스럽게 겉돌게 될 것이다. 혼자도 상관없다고 다시 한번 더 되뇌면서도 왠지 그 상황이 다가오는 게 두려웠다.

"너는 요즘 채원이랑 친해진 것 같던데?"

떡볶이를 한입에 쏙 넣고 오물오물 씹는 입으로 신화가 물었다. 수학여행 이후로 채원이와 대화 나누는 일이 많아진 건 사실이다. 하지만 채원이 옆에는 남자친구도 있고 여전히 미진이 무리도 있었다.

"채원이랑 초등학교 때 좀 친했어."

"대박. 너가 채원이랑 친했다고?"

신화는 도저히 믿을 수 없다는 눈치였다.

"어떻게 너가 채원이랑 친했을 수가 있지?"

신화는 채원이를 볼 때마다 어떻게 저렇게 예쁘게 생겼을 수가 있냐며 감탄했다. 가끔은 지나치다 싶을 정도였다. 채원이 아버지 직업이나 언니에 대해서 알게 되면 팔짝팔짝 뛸 것도 같았다.

"어릴 땐 친했었어."

일부러 말을 짧게 끊고 떡볶이에 집중했다. 신화는 오늘도 어김없이 숟가락을 들고 삶은 계란을 반으로 나누기 시작했다. 나는 원래 삶은 계란을 좋아하지 않는다. 어쩌다 계란을 먹는 일이 있어도 노른자는 남겨놓곤 한다. 하지만 신화가 칼같이 나눠주는 덕분에 떡볶이를 먹을 때면 편식하지 않고 영양을 보충하게 된다.

신화는 오늘도 단지 안으로 들어오지 않았다. 왜 더 빠른 길을 놔두고 돌아서 가는지 알 수 없었지만 나 역시 같이 들어오지 않는 게 편했다. 하교 시간이 되면 엄마가 베란다에서 나를 기다리고 있을 때가 종종 있기 때문이다. 우리 집은 1층이라 길을 오가는 사람들과 눈을 마주치기 쉬웠다.

바로 집으로 가려다가 방향을 틀어서 아파트 뒤에 조성된 산책로로 향했다. 오늘도 가방에는 물통과 참치가 들어 있었다.

며칠 전 주차장 구석에서 목에 컵 홀더가 끼인 고양이를 발견했다. 머리와 몸통과 달리 컵 홀더가 끼인 부분은 그 크기대로 잔뜩 쪼그라들어 한눈에 보기에도 몹시 괴로워 보였다. 고양이는 주차장 바닥에 드러누워 반복적으로 목을 움직여댔다. 스스로의 힘으로 컵 홀더를 빼내지 못해 끙끙거리며 안간힘을 쓰고 있는 것이다. 하지만 그렇게 해서 빠질 리가 없었다.

가위를 들고 다가가자 고양이는 겁에 잔뜩 질린 눈빛으로 나를 경계했다. 나는 한 손으로 고양이 머리를 부드럽게 어루만지면서 조심스럽게 목에 끼어 있던 컵 홀더를 제거해 주고, 그제야 안도의 한숨을 내쉬었다. 불의의 사고를 당한 고양이 혼자서는 해결할 수 없는 일을 도왔다는 데서 뿌듯함이 몰려왔다. 고양이의 두 눈에 눈물이 그렁그렁 맺혀 있는 것만 같았다.

그 후로 고양이의 안부가 무척이나 궁금했다. 사고의 충격에서 벗어나 잘 지내고 있는지 꼭 직접 확인하고 싶었다. 그래서 고양이의 행방을 찾으며 며칠째 가방에 물과 참치를 넣어 다니고 있었다.

호랑이 무늬, 내 얼굴을 빤히 쳐다보고 있는 모습에 그 아이라는 확신을 가질 수 있었다. 나는 재빨리 컵에 물을 따르고 참치 통조림을 열었다. 고양이는 경계심을 풀고 다가와 조용히 참치를 먹기 시작했다.

다행이었다. 잘 지내고 있었나 보다.

그때 뒤쪽에서 누군가 빠르게 걸어오는 발소리가 들렸다.

"학생! 거기서 그러면 안 돼!"

"죄송합니다!"

경비 아저씨한테 꾸벅 인사를 하고 보니 고양이는 사라지고 없었다. 아직 절반도 채 먹지 못했는데. 경비 아저씨가 나를 향해 다가왔다. 모자 아래로 새하얀 머리카락이 듬성듬성 삐져나와 있었다.

"학생 마음은 잘 아는데 주민들 민원이 많아서……."

"네, 죄송합니다."

나는 다시 한번 더 고개를 숙여 진심으로 사과를 드렸다. 경비 아저씨들이 열악한 환경에서 악성 민원에 시달리며 근무하고 있다는 뉴스를 여러 번 본 적이 있었다. 나까지 경비 아저씨를 힘들게 하고 싶은 마음은 조금도 없다.

"우리 손녀랑 같은 학년인가 보네. 중학교 2학년?"

"네."

"한창 힘들 때구먼. 그래도 힘내서 열심히 해요."

"감사합니다!"

예의 바르게 인사하고 돌아서면서도 눈으로는 아까 그 고양이를 다시 찾았다. 참치를 미처 다 먹기도 전에 아저씨한테 발각된 게 아쉬울 뿐이었다. 그래도 고통스럽지 않게 참치를 삼키는 모습을 확인해서 마음이 한결 편해졌다.

"도연아, 잠깐 좀 볼까?"

담임 선생님 호출이었다. 중학교에 들어와서 교무실에 불려 가는 일은 처음이었다. 나는 주목받을 행동은 거의 하지 않았다. 지적받을 행동도 하지 않았고 크게 칭찬받을 만한 행동도 하지 않았다. 담임 선생님은 쭈뼛거리며 서 있는 내게 옆에 있는 작은 의자에 앉으라고 했다.

"도연이는 학교생활 어때?"

뜻하지 않은 질문이었다. 그렇지만 학교생활은 나름대로 할 만하다고 생각하고 있었다. 공부하는 건 별로 어렵지 않았다. 작년엔 항상 혼자 다녀서 담임 선생님의 걱정을 사기도 했지만 올해는 이 정도면 친구 관계도 괜찮은 거라고 생각했다.

"괜찮아요."

담임 선생님이 하얀 치아가 드러나게 빙긋 웃어 보였다.

"다행이다. 도연이야 워낙 모범생이고 친구들이랑도 두루 잘 지내니까."

'두루'라는 단어에서 생각이 많아졌다. 스무 명이 넘는 우리 반에서 내가 알고 지내는 친구는 기껏해야 세 명 정도인데, 세 명과 잘 지낸다는 걸 이렇게 말해도 되는 걸까.

"도연이는 신화랑 언제부터 친했어?"

"6학년 때 알았어요."

"그럼 벌써 3년 차 친구네. 요즘엔 다희랑도 잘 지내는 것 같고."

담임 선생님이 평소에 나를 꿰뚫어 보고 있었다는 생각이 들었다.

신화와 친해지게 된 진짜 이유도, 최근 다희에게 느끼고 있는 질투심도 눈치채고 있을지 모른다고 생각하자 등골이 오싹해졌다.

"시간이 별로 없으니까 본론으로 들어갈게. 도연이 부반장 나오는 거 어때?"

"네?"

"실은 채원이가 추천했어. 후보가 아무도 없어서 추천 받겠다고 공지했던 거 기억나지? 조회 끝나자마자 채원이가 오더니 도연이를 추천하더라고."

"저를요?"

"초등학교 때 도연이랑 같이 임원 활동한 적이 있었다던데?"

"네, 그렇긴 해요."

"그때 기억이 되게 좋았나 봐. 도연이가 적임자라고 생각한다면서 채원이는 도연이가 선거에 꼭 나와줬으면 좋겠대."

뜻밖의 제안이었다. 4학년 때까지는 늘 반장이나 부반장을 했었지만 집에 사고가 있고 나서는 생각해 본 적도 없었다. 스스로를 감당하기에도 벅차서 주위를 둘러보기보다는 책 속으로 숨어들었다.

"오늘 집에 가서 잘 생각해 보고 내일 얘기해 줄래?"

교실 문을 열자 자리에 앉아 있는 채원이와 눈이 마주쳤다. 채원이는 눈을 찡긋하면서 미소를 보냈다.

하교할 때까지만 해도 당연히 나는 선거에 나가지 않겠다는 생각이었다. 임원이란 자고로 활발한 성격의 아이들이 맡는 게 나았다. 그래야 선생님과 아이들 사이의 소통을 원활하게 도울 수 있는 법이다. 그런데 나는 학교에서 책만 펴고 앉아 하루를 보냈다. 신화나 다희, 채원이를 제외한 다른 아이들과는 대화를 나눠본 경험도 없었다. 이런 내가 선거에 나갔을 때 아이들이 보일 반응을 감당할 자신도 없었디.

하지만 생각해 볼수록 조금씩 욕심이 났다. 반장 자리도 아니고 부반장이었다. 바쁜 학년 초는 이미 지나갔고 곧 기말고사를 보고 나면 방학이다. 그리고 무엇보다 지금 우리 반 반장은 채원이지 않은가. 채원이 혼자 수시로 교무실을 들락거리며 심부름을 하고 매시간 뒷정리를 하는 것을 알고 있다. 채원이가 하는 일을 누구보다 잘 도울 자신은 있었다.

결정을 내리지 못한 채로 잠에 들었다. 분위기에 따라 어떻게든 되겠지 싶은 생각이었다. 부반장이 되지 않는 것도, 한편으로는 부반장이 되는 것도 나쁘지 않을 것 같았다.

"같이 교무실 좀 가주라."

다희가 신화와 내 옷을 살짝 잡아당기며 부탁했다. 체험학습 신청서를 써온 모양이었다.

"언제 가는 거야?"

"다음 주 쭉. 다행히 내일 부반장 선거는 할 수 있게 됐어."

"길게 가네. 할머니 고향이 어디야?"

한 걸음 앞서 걷는 신화와 다희가 다정하게 대화를 주고받았다. 할머니가 치매로 요양병원에 가시고 새엄마가 생긴 지 얼마 안 됐다고 하는데도 다희는 아주 밝은 아이였다. 만난 지도 얼마 되지 않은 우리한테 본인의 사정을 솔직하게 털어놓는 모습이 인상적이었다. 나였다면 어떻게 행동했을까. 내 모습과 비교하니 다희가 더 대단하게만 느껴졌다.

"도연이 잠깐 들어오라고 하시는데?"

문밖에 서 있는 내 모습을 보신 담임 선생님은 다희를 통해 나를 부르셨다. 교무실 앞에서 거울을 보던 신화는 영문을 몰라 눈을 동그랗게 떴다.

"생각 좀 해봤어?"

"아직 아무도 안 나왔어요?"

나도 모르게 이런 질문이 먼저 튀어나왔다. 담임 선생님은 살짝 미소를 지은 채 고개를 끄덕였다. 후보가 아무도 없다면 탈락할 일도 없을 테니 상처받을 일도 없을 것이다. 머릿속으로 빠르게 계산기가 두드려졌다.

"그럼 저, 해볼게요."

주사위는 던져졌다. 이제 와서 번복하기는 어려울 것이다. 담임 선생님이 웃으며 내 어깨를 톡톡 두드렸다.

"잘 생각했다. 단일후보라도 친구들 앞에서 공약 발표하고 당선 소감도 이야기할 거니까 잘 준비해야 해. 도연이야 말 안 해도 잘하겠지만."

교무실 앞에 서 있던 신화와 다희에게 내가 부반장 선거에 나가게 됐다는 소식을 전했다. 신화는 정말 깜짝 놀란 눈치였다.

"대박. 니가? 부반장 나간다고?"

"오오, 도연이~ 내가 꼭 뽑아줄게. 신화도 도연이 뽑을 거지? 너도 너 뽑아. 그럼 세 표는 확보."

다희가 손가락 세 개를 들어 올리며 장난스럽게 웃었다.

집에 와서 노트를 꺼내 공약을 정리해 보기 시작했다. 하지만 이제 와서 내가 할 만한 건 딱히 없어 보였다. 학급 물품함이나 분실물함은 이미 채원이가 3월에 만들어 놨다. 교실 앞 게시판도 잘 운영되고 있었다. 또 소외되는 아이 없이 그럭저럭 학급 분위기도 괜찮았다. 사실 교실에서 가장 겉돌고 있는 건 다름 아닌 나였다.

초등학교 때 반장에 당선되기 위해 정말 치열하게 노력했던 기억이 났다. 양초를 들고 나가서 이 양초처럼 우리 반을 위해 몸을 불태우는 심정으로 봉사하겠다는 말을 한 적도 있다. 또, 종을 들고 나가 이 종처럼 항상 빠르게 소식을 알리는 우리 반의 종이 되겠다는 말도 했다. 지난 기억을 떠올리니 유치하다는 생각이 들면서 소름이 돋았다. 내가 했던 말이라고는 도저히 믿어지지 않을 정도였다.

아무리 생각해도 열심히 하겠다는 말보다 더 적절한 말은 없는 것 같았다. 단일 후보니 더더욱 그랬다. 이제 부반장이 되면 쉬는 시간마다 보던 책을 덮고 주위를 둘러볼 것이다. 아침 시간에는 가정통신문이나 과제를 걷는 일부터 하루 일과가 시작될 테고, 채원이를 도와서 안 낸 사람을 확인하거나 번호 순서대로 정리하는 일을 하겠지. 채원이 혼자 할 때보다 훨씬 효율적으로 할 수 있을 것이다. 내면 어디서부터인지 슬금슬금 자신감이 올라왔다.

"오늘 7교시에 부반장 선거 하는 거 잊지 않았지?"

내 이름이 거론될 상황이었다. 부끄러웠지만 고개를 숙이지 않았다. 부반장이 된다면 이전처럼 행동해서는 안 될 것이다.

"후보가 안 나와서 걱정이었는데 다행히 어제 두 친구가 나왔어."

두 친구라고? 가슴이 철렁 내려앉았다. 내가 제대로 들은 건가 싶어 담임 선생님 입 모양을 뚫어져라 쳐다봤다. 어제 점심시간까지만 해도 분명히 후보는 나밖에 없다고 했었는데.

"번호 순서대로 이야기할게. 1번 박태영, 2번 조도연."

박태영이 부반장 후보로 나왔다고? 아이들 모두 생각지도 못했다는 듯이 환호성을 질렀다. 태영이와 나 둘 중 누가 더 의외의 후보라고 생각하는지는 쉽사리 알 수 없었다. 태영이는 이미 당선이라도 된 것처럼 한 손을 번쩍 들고 한 손으로는 자신의 가슴을 툭툭 치며 장난스럽게 인사했다.

"그동안 이미 두 친구의 모습을 보고 있었겠지만, 둘 중 누가 더 우리 반 부반장 역할을 잘할 수 있을 것 같은지 오늘 하루 동안 태영이랑 도연이 잘 지켜보자. 구체적인 공약은 투표 직전에 들어볼게."

담임 선생님이 나가고 태영이는 한 손가락을 펴 들고 자신을 뽑아 달라며 교실을 돌아다녔다. 상황이 예기치 않게 흘러갔다. 내가 준비한 말은 고작 '열심히 하겠다'는 말뿐이었다. 하지만 이렇게 되면 태영이와 차별화되는 무언가가 있어야 선거에서 이길 수 있을 것이다. 순간 어떻게든 부반장에 당선되고 싶어 하는 스스로의 모습을 알아차리고는 자그마한 한숨이 새어 나왔다.

하루 종일 수업에 집중이 되지 않았다. 쉬는 시간 동안 책을 펴지 않고 주위를 돌아보며 교실에 더 필요한 게 뭐가 있을까 생각해 봤지만 여전히 떠오르지 않았다.

어느새 7교시가 다가오고 말았다. 태영이가 교실 앞에 섰다. 태영이는 장난이 심할 때도 많았지만 성격이 둥글둥글해 누구와도 잘 어울리는 편이었다. 조금도 긴장하지 않는 눈치였다.

"안녕하세요. 여러분, 1번 박태영입니다. 제가 부반장 선거에 나왔습니다. 전학 간 조영우의 절친으로서 영우의 뒤를 잇기 위한 의미도 있습니다. 반장에 대한 사적인 감정은 이제 전혀 없고요."

아이들이 태영이와 채원이를 번갈아 바라보더니 큰소리로 웃었다. 몇 명은 박수까지 치며 자지러지게 웃었다. 채원이 역시 편안한 표정이었다.

"일단 저는 우리 반 남학생들을 대표하고 싶어서 이 자리에 나오게 됐습니다. 반장 혼자 체육 시간 끝나고 강당을 정리하는 거 알고 계시나요? 아시다시피 우리 반 반장은 이미 정말 훌륭합니다."

채원이를 칭찬하는 멘트가 나오자 아이들이 깔깔대며 태영이의 사적인 감정을 들먹였다. 태영이는 그런 게 아니라며 두 손을 흔들었다.

"아니, 사적인 감정 때문에 이런 말을 하는 게 진짜 아니고. 반장이 열심히 잘하고 있지만 아무래도 남학생들의 어려움이나 고민에 대해서는 도움을 주기 어려운 게 사실이지 않습니까. 제가 부반장이 된다면 우리 남자들끼리 점심시간에 축구 경기를 통해 친목을 도모할 수 있도록 하겠습니다. 당연히 소외되는 친구가 없도록 할 거고요. 우리 남자들의 불편한 점이나 바라는 점을 잘 듣고 선생님께 전달하도록 하겠습니다. 물론 여학생분들도 제게 의견을 전달해 주세요. 여러분의 목소리에 항상 귀 기울이는 부반장이 되겠습니다!"

마지막 인사와 함께 뒤로 돌자 등에 커다랗게 써 붙인 숫자 1이 보였다. 태영이는 등을 돌린 채로 두 팔을 흔들며 리듬에 맞춰 우스꽝스럽게 양옆으로 두 걸음씩 걸었다. 아이들의 웃음소리가 점점 더 커졌다. 뒤에서 미진이가 자신의 아이디어라면서 자랑하는 소리가 들렸다. 신선한 유세 방법이었다. 태영이 말대로 남학생을 대표하는 부반장이 나오는 것도 괜찮을 것 같았다. 진심을 담아 태영이에게 박수를 보냈다.

다음은 내 차례였다. 아무 생각 없이 교탁 앞으로 뚜벅뚜벅 걸어갔다. 교실 앞에 서서 아이들을 바라봤던 게 언제였는지 머리가 빙 도는 느낌이 들었다.

"안녕하세요. 2번 조도연입니다. 제가 부반장 선거에 나와서 여러

분들 많이 놀라셨죠?"

예상했던 것처럼 태영이가 나왔을 때와는 전혀 다른 분위기였다. 아이들은 조용히 내 말에 집중했다. 몇 명은 고개를 끄덕여 주기도 했다.

"한동안 저는 주위를 둘러보기보다는 책 속에 고개를 파묻고 지냈습니다. 여러분들 앞에 제 모습을 내보이는 일도, 여러분 한 명 한 명에게 관심을 가지는 일도 그동안의 제게는 참 어려운 일이었습니다."

교실 안은 민망할 정도로 조용했다. 머릿속이 새하얘졌다. 나 스스로도 내가 무슨 말을 하는지 알 수 없었다.

"갑작스레 부반장 선거에 나오게 되면서 저 스스로에게 했던 질문이 있습니다. 이제 다시 주위를 둘러볼 수 있겠냐고요. 그리고 저는 그럴 수 있다고 대답하며 자신감을 가졌습니다. 부반장 자리가 비어 있는 동안 반장 혼자 두 명의 역할을 하느라 정말 많은 고생을 한 걸 알고 있습니다."

그제야 아이들의 시선이 분산되며 채원이와 나를 번갈아 바라봤다.

"학급의 반장, 부반장이라는 자리는 여러분보다 위에 있는 것이 절대 아니라고 생각합니다. 제가 부반장이 된다고 해서 여러분의 학교생활을 극적으로 바꿔드릴 수는 없습니다. 하지만 저는 여러분의 옆에서 뒤에서 항상 세심하게 함께하는 부반장이 되겠습니다. 이제 책속에 얼굴을 파묻는 게 아니라 주위를 더 열심히 돌아보겠습니다. 채원이를 도와 우리 반을 위해 정말 열심히 봉사하겠습니다. 감사합니다."

겨우 말을 끝맺고 허리를 90도로 굽혀 인사했다. 꼭 쥐고 있던 두 손이 내 의지와는 관계없이 파르르 떨렸다. 아이들이 진지한 표정으로 박수를 쳐주었다. 어떤 결과라도 기꺼이 받아들일 수 있을 것 같았다.

*

매년 이맘때만 되면 한 번씩 심한 몸살을 앓고는 한다. 그날의 아침처럼 무서운 전화를 받게 될까 하는 걱정에 쉽게 잠을 이루지도 못한다. 어쩌다 잠들면 어김없이 병원으로 허겁지겁 달려가는 꿈을 꾼다. 구급차가 병원 문을 통과해서 들어오는 장면에서는 나도 모르게 비명을 지르며 통곡하곤 한다.

엄마는 방송국 기자였다. 뉴스에 엄마가 나올 때면 너무 자랑스러워서 텔레비전 화면 가까이 얼굴을 들이밀곤 했었다. 엄마가 일하는 방송국의 홍보대사가 되어 친구들에게 꼭 그 채널의 뉴스를 보라고 강조하기도 했다.

엄마는 취재 때문에 밤에 늦게 오거나 새벽에 일찍 나가는 일이 많았다. 아침에 일어났는데 집에 엄마가 없는 일도, 잠들기 전까지 엄마가 돌아오지 않는 일도 익숙했다. 규칙적으로 출퇴근하는 아빠가 나를 잘 챙겨줬기에 별다른 불만은 없었다.

그날도 마찬가지였다. 아빠와 나는 평범한 아침 전쟁 중이었다. 초등학생 때의 나는 유난히도 아침잠이 많아서 알람을 맞춰놓고도 일어나기 어려워했다. 3분만, 5분만 더 눈을 감고 있겠다고 하다가 세수도 못 하고 헐레벌떡 뛰어나가는 일도 많았다. 그날도 아빠는 몇 번이나 나를 불러 깨우다가 화장실에서 출근을 준비하는 중이었다.

아빠 휴대폰이 울렸다. 아빠는 집에 있을 때면 전화벨 소리를 최대로 키워놓는다. 거래처의 전화를 못 받으면 문제가 생기기 때문이다. 식탁 위에 놓인 아빠 휴대폰이 지치지 않고 울렸다. 두어 번 정도 끊어졌다가 다시 또 울렸다. 시계의 알람보다 더 견디기 힘든 전화벨 소리였다.

잔뜩 잠에 취한 나는 식탁으로 뚜벅뚜벅 걸어갔다. 발신자는 저장되지 않은 번호였다. 그 당시만 해도 나는 엄마 아빠의 휴대폰으로 오는 전화도 거리낌 없이 곧잘 받고는 했다.

"아빠 지금 씻고 계세요."

받자마자 아빠가 통화하기 어려운 상황임을 알렸다. 전화기 너머로 무언가 몹시 다급한 분위기가 느껴졌다. 남자는 내 말은 아랑곳하지 않고 자신이 할 말을 전했다.

"아내 분 교통사고 났어요. 제가 방금 119를 부르긴 했는데……."

사람들이 웅성거리는 소리, 자동차 경적 소리와 사이렌 소리까지 더해진 전화기 너머의 상황이 아찔하게 느껴졌다. 순식간에 잠이 확 달아났다. 엄마에게 무슨 일이 생긴 걸까. 젖은 머리에 수건을 두르고 나온 아빠가 멍하니 서 있는 내 손에서 휴대폰을 빼앗았다.

정신없이 달려 나가는 아빠의 뒤를 따랐다. 심상치 않은 상황에 도저히 마음이 진정되지 않았다.

병원 응급실 앞에 도착해서 주위를 두리번거렸다. 이윽고 병원 문을 통과하는 구급차가 한 대 보였다. 응급실 앞에 선 구급차 문이 열리고 피투성이가 된 한 사람이 실려 나왔다. 그 순간에 아빠는 내 눈을 자신의 손바닥으로 감쌌다. 아빠 손에 가려진 안경이 내 얼굴을 짓누르며 작은 통증을 만들어냈다.

유난히도 아침 안개가 짙게 내려앉았던 날이었다. 그날도 엄마는 아침 취재가 있어 서둘러 집을 나섰다. 사고는 역 앞의 8차선 도로에서 일어났다. 횡단보도의 파란 불이 깜박이던 순간 엄마는 빨리 가야한다는 생각에 달리기 시작했다고 한다. 반대편에 거의 다 도착했는데 어디선가 승용차가 전속력으로 달려왔다고 한다. 거기서 엄마의 기억은 멈춘 상태였다.

뺑소니 사고였다. 뒤이어 온 차에서 내린 아저씨가 119를 부르고 우리에게 연락을 해주었지만 정작 사고를 낸 사람이 누군지는 알 수 없었다.

경찰은 인근의 CCTV를 분석했지만 별다른 성과가 없었다. 안개가 너무 진했고 차가 달리는 속도가 지나치게 빨라서 화면 분석이 어렵다는 설명만 들을 수 있었다. 그동안 모든 사건의 해결사처럼만 생각했던 경찰에게 큰 실망감이 들었다. 경찰도 해결하지 못하는 일이 있다는 게 절망적일 뿐이었다.

아빠는 목격자를 찾는 내용의 현수막을 제작하여 역 앞에 붙이고 몇 달 동안 엄마가 사고를 당했던 시간마다 전단지를 돌렸다. 날로 수척해지면서도 나를 볼 때면 애써 웃는 아빠 모습이 애처로웠다.

엄마는 두 달 넘게 병원에 입원하며 서너 번의 크고 작은 수술을 받았고, 겨우 목숨은 건졌지만 하반신을 사용할 수 없게 되었다. 세상 사람들은 엄마가 목숨을 건진 것만 해도 기적이라고 말했다. 하지만 자리에서 일어설 수 없게 된 엄마는 한동안 우울증에 시달렸다. 엄마 마음을 충분히 이해하면서도 그렇게 힘들어하는 엄마의 모습을 보는 게 괴로워서 집에 도착하면 방문을 닫고 나오지 않는 날이 많았다.

엄마가 보도하는 뉴스에서만 보던 일이 왜 우리에게 일어났는지, 세상의 모든 것이 원망스러웠다. 태어나서 처음으로 기도라는 것을 해보았다. 그것 말고 내가 할 수 있는 일이 아무것도 없었다. 엄마가 깊은 잠에서 깨어날 수 있게 해달라는 기도가 두 발로 일어설 수 있게 해달라는 내용으로 바뀌었을 뿐, 그 이상은 불가능했다.

고층에 살던 우리는 엄마의 퇴원 일정에 맞춰 옆 동의 1층으로 이사했다. 엄마가 휠체어를 타고 생활하게 된 것이 그 이유였다. 엄마는 꾸준히 심리 치료를 받으며 조금씩 우울증을 극복해 갔다. 하지만 정작 나는 휠체어를 보면 평소 등산을 좋아하던 엄마 모습이 떠올라 저절로 눈물이 지어졌다.

오랜만에 학교로 돌아간 나는 이전처럼 친구들과 편하게 생활할 수 없었다. 엄마의 사고에는 내 책임도 있다고 생각했다. 내가 그 사고를 막을 수는 없었을 것이다. 하지만 범인을 잡는 일에도 전혀 도움이 되지 못하는 내 모습이 한심하게 느껴졌다. 임원이라고, 공부를 좀 한다고 자신만만하던 스스로가 한없이 무기력한 존재라는 생각이 들었다. 더 이상 나는 웃을 자격도, 즐거워할 자격도 없는 사람처럼 느껴졌다.

그래서 쉬는 시간에도 책을 펴기 시작했다. 책에 집중하고 있으면 아무도 말을 걸어오지 않았다. 나는 더 외롭고 쓸쓸하게 지내야만 한다고 생각했다. 책에서 범인을 잡고 복수를 하는 이야기들을 볼 때 느끼는 만족감만이 내가 누릴 수 있는 최고의 감정이었다.

"도연아, 너 오늘 학교 쉬어."

겨우 자리에서 일어나 세수하고 나온 내게 엄마가 말했다.

"이리 와 봐. 열 있는 것 같은데?"

엄마는 한 손에 체온계를 들고 휠체어 바퀴를 돌리며 내게 다가왔다. 휠체어 운전하는 실력이 날로 능숙해졌다.

"이것 봐. 가서 누워. 엄마가 죽 끓여줄 테니까, 죽 먹고 약 먹어. 선생님한테는 엄마가 전화할게."

엄마 말대로 몸이 안 좋긴 했다. 몸이 불덩이 같은데 으슬으슬 춥기도 하고, 머리는 천근만근 무거워서 금방이라도 고개가 뚝 떨어질 것만 같았다. 하지만 오늘은 꼭 학교에 가고 싶었다. 가야만 했다. 부반장이 되고 나서 첫날이었다. 열심히 하겠다고 아이들 앞에서 그렇게 다짐해 놓고 당선되자마자 결석하는 게 마음에 걸렸다. 또, 내일 보는 수행평가의 양식지를 오늘 받아야 하기도 했다.

"괜찮아. 갔다 올게."

"이머, 애가 왜 이래. 열이 이렇게 나는데? 얼른 가서 누워!"

바닥에 놓인 책가방을 들려다가 머리가 핑 돌아서 자리에 털썩 주저앉고 말았다. 엄마는 베란다 쪽으로 가서 담임 선생님과 전화 통화를 하고 있었다. 나는 못 이기는 척 침대에 다시 누웠다. 발밑에 내리쪼이는 햇살이 따뜻해서 발가락을 꼼지락거렸다.

"부반장 됐다며?"

엄마가 휠체어 바퀴를 빠르게 돌리며 내 방으로 들어왔다. 오랜만에 보는 신난 표정이었다.

"잘됐다! 이제 다시 임원도 하고 그래. 도연이 잘할 수 있어."

"부반장 하던 애가 전학 가서 다시 뽑은 거야. 지금 반장이 채원이기도 하고."

왠지 모를 부끄러움에 변명하듯 둘러댔다.

"채원이? 채원이가 반장이구나. 걔 애 참 괜찮지. 잘됐다."

내가 슬쩍 눈을 감아 보이자 엄마는 이불을 내 쪽으로 덮어주고는 다시 바퀴를 돌려 주방으로 향했다. 지글지글하는 소리와 함께 새우젓의 고소한 냄새가 방문을 넘어 전해졌다. 엄마가 좋아하는 모습을 보니 욕심을 내서 부반장을 해보기로 한 것이 잘한 결정이었다는 생각이 들었다.

개표 중간까지만 해도 태영이가 당선되는 줄 알았다. 나는 아이들의 선택을 전적으로 존중하고, 어떤 결과도 기꺼이 달게 받아들일 마음의 준비가 되어 있었다. 여태까지 말도 한마디 안 하고 책만 보던 내가 부반장이 되겠다고 나선 것이 아이들 입장에서는 이해하기 어려울 것 같았다.

예상대로 태영이가 앞서가고 있었다. 하지만 마지막에 내 표가 연달아 나오면서 두 표 차이로 부반장에 당선됐다. 나는 결과가 믿어지지 않아 눈을 멀뚱멀뚱 뜨고 주위를 두리번거렸다. 담임 선생님이 나와 채원이를 불렀다. 이제 우리 반의 반장은 채원이, 부반장은 나였다. 나는 다시 한번, 정말 열심히 봉사하겠다고 아이들 앞에서 다짐하고 큰 박수를 받았다. 진심으로 이 박수에 보답하고 싶다는 생각이 들었다.

집에 가는 길에 다희가 하이 파이브를 청했다. 어떻게 보면 다희 덕분에 당선된 거나 다름이 없었다. 나는 초등학교 때까지만 해도 어떻게 내가 나를 뽑냐고 다른 친구를 뽑곤 했다. 누가 보고 있는 것도 아닌데 투표지에 내 이름을 쓰는 일이 민망하게만 느껴졌기 때문이다. 그런데 다희 말대로 내가 나를 뽑지 않았으면 태영이와 동점이 되었을 것이다. 다희가 오늘부터 체험학습을 갔어도 상황은 달랐을 수 있었다. 이 모든 상황이 고마울 뿐이었다.

죽을 먹고 나도 모르게 잠이 들었나 보다. 인터폰 소리에 잠에서 깼

다. 약 기운 덕분인지 몸이 한결 가벼워진 느낌이었다. 엄마가 휠체어를 타고 현관으로 향하는 소리가 들렸다. 이어 누군가 들어오는 것 같았다. 인기척은 내 방에서 점점 멀어지며 거실 쪽으로 향했다.

"잠깐 앉아요. 도연이 지금 잠들어서."

"네."

이 목소리는, 신화였다. 신화가 우리 집에 왔다니 믿어지지 않았다. 나가볼까 싶어 몸을 일으키다가 이어지는 대화 내용에 움직임을 멈추고 조용히 귀를 기울였다.

"이거 내일 수행평가 양식지예요."

"고마워요. 선생님한테 부탁하긴 했지만 누가 도움을 줄까 걱정됐는데. 이것 좀 마셔볼래요?"

"가, 감사합니다."

엄마가 건넨 것은 케일과 셀러리를 간 주스일 것이다. 신화는 저런 류의 야채를 끔찍이도 싫어하는데, 하는 생각이 들자 웃음이 나왔다. 어색해서 싫다는 말도 하지 못할 것이다.

"이름이 신화라고요?"

"네, 방신화예요."

"우리 도연이 학교에서 어때요? 도연이가 말을 잘 안 해서. 미안해요. 도연이 친구를 너무 오랜만에 봐서."

잠시 정적이 흘렀다. 어쩌면 신화 얼굴이 빨개졌을지도 모르겠다. 빨간 얼굴로 초록색 주스를 마시고 있을 신화 모습이 눈앞에 그려졌다.

"도연이, 공부도 잘하고 학교생활 잘하고 있습니다."

과연 신화다운 대답이었다. 평소에도 느린 신화의 말투가 더 느리게 들렸다.

"그래요. 앞으로 우리 집에 자주 놀러 와요. 아줌마가 맛있는 거 많이 해줄게."

"네, 감사합니다."

경직된 신화 목소리에 소리 내어 웃을 뻔했다.

"이거 도연이 휴대폰 번호예요."

내 휴대폰 번호라고? 나도 모르는 내 휴대폰 번호가 있었나? 나는 귀를 더 쫑긋 세우고 대화 내용에 집중했다.

"오늘 도연이한테 휴대폰 선물해 주려고 사 왔는데. 요즘은 반톡 이런 거 다 있다면서요? 부반장도 됐고 한데 그런 데에도 소외되면 안 될 것 같아서. 아 미안. 나도 도연이 친구가 오랜만이라 말이 이랬다저랬다 하네."

"말씀 편하게 하세요. 반 톡방에 도연이 초대할게요."

"고마워요. 주스는 먹을 만해요?"

"네, 잘 먹었습니다. 감사합니다."

신화가 자리에서 일어나는 것 같았다. 슬금슬금 방문 앞으로 향했다. 신화가 현관문을 열고 나가는 소리가 들리자마자 방문을 벌컥 열었다.

"아이쿠, 깜짝이야. 일어나 있었네?"

"신화가 왔어?"

"어, 수행평가 양식지 전해준다고. 아주 고마운 친구네."

신화가 나가는 모습을 베란다 창밖으로 내다보았다. 신화는 휴대폰을 보며 고개를 푹 숙인 채로 걷고 있었다.

"내 폰 샀어?"

엄마는 깜짝 선물을 하려던 의도가 틀어졌다며 휴대폰 상자가 든 쇼핑백을 건네줬다. 늘 필요 없다고 말했지만 사실은 꽤나 갖고 싶었다. 이제 밖에서 시간을 확인하거나 반 톡의 내용을 물어볼 때 신화에게 신세를 지지 않아도 될 것이다.

전원을 켜고 이것저것 눌러보고 있을 때였다. 작은 효과음이 울리며 휴대폰이 가볍게 진동했다. 생애 첫 휴대폰에 도착한 첫 문자메시지였다. 말풍선 모양의 이미지가 화면에 떴다.

💬 휴대폰 생긴 거 추카! 얼른 낳아서 와라. 오늘 쓸쓸했다ㅠ

신화가 보낸 것 같았다. 지금 내 번호를 알고 있는 사람은 신화밖에 없으니까. 그런데 신화는 담임 선생님께서 틈 날 때마다 헷갈리기 쉬운 맞춤법을 알려주시며 몇 번이나 강조했던 단어를 또 틀렸다. 내일 만나면 왜 내게 출산을 바라는 건지 물어봐야겠다. 입가에 미소가 지어졌다.

신화가 어디쯤 갔나 궁금해 베란다로 향했다. 경비실 앞쪽에 아직 신화가 서 있는 모습이 보였다. 경비실에서 나온 아저씨가 신화에게 작은 가방을 건네주고 있었다. 신화는 특유의 귀찮다는 표정이었지만 아저씨는 할아버지 미소를 짓고 있었다. 요즘 들어 신화가 단지 안으로 들어오지 않았던 이유를 알 수 있을 것 같았다.

신화가 말하지 않는다면 굳이 먼저 아는 척할 생각은 없다. 누구에게나 꺼내놓고 싶지 않은 비밀이 있는 법이니까.

다시 휴대폰을 손에 들었다. 다른 아이들처럼 나도 휴대폰만 있으면 몇 시간이고 재미있게 보낼 수 있을까. 카메라를 열어 내 얼굴을 바라봤다. 아이들은 그럴듯하게 셀카를 찍어 올리기도 한다는데 나는 조금 더 공부해야 할 것 같다. 포털 사이트 앱을 다운 받아 배경화면으로 하기 좋은 이미지를 검색했다.

그때 아까와 같은 효과음이 울리며 또 다시 휴대폰이 진동했다.

👎 카톡 가입하고 톡 보내라. 나 누군지 알쥐?

또 신화였다. 다시 경비실 쪽을 내다보니 경비 아저씨도 신화도 보이지 않았다. +를 터치해서 연락처를 저장하는 화면으로 넘어왔다. '방신화'라고 적었다가 백스페이스를 눌러 지웠다. 무슨 이름으로 신화를 저장할까 고민했지만 선뜻 떠오르지 않았다. 다시 '방신화'라고 입력했다가 백스페이스를 톡톡 터치했다. 신화는 나를 어떤 이름으로 저장했을까. 신화도 나처럼 고민했을까.

또 메시지가 도착했다.

💬 너 카톡 가입할 줄은 아냐? 모르면 말해라.

이 문자를 보고는 어떤 확신이 들었다. 보란 듯이 카톡에 가입하고 신화에게 톡을 날려주리라. 멋진 프로필 사진과 문구로 감탄하게 해 주겠다. 나는 신화의 연락처에 '소중한 친구 신화'라는 이름을 입력하고 있었다.

"한동안 저는 주위를 둘러보기보다는 책 속에 고개를 파묻고 지냈습니다.
여러분들 앞에 제 모습을 내보이는 일도, 여러분 한 명 한 명에게
관심을 가지는 일도 그동안의 제게는 참 어려운 일이었습니다."

"갑작스레 부반장 선거에 나오게 되면서 저 스스로에게 했던 질문이 있습니다.
이제 다시 주위를 둘러볼 수 있겠냐고요.
그리고 저는 그럴 수 있다고 대답하며 자신감을 가졌습니다."

"저는 여러분의 옆에서 뒤에서 항상 세심하게 함께하는 부반장이 되겠습니다.
이제 책 속에 얼굴을 파묻는 게 아니라 주위를 더 열심히 돌아보겠습니다.
채원이를 도와 우리 반을 위해 정말 열심히 봉사하겠습니다."

열다섯 우리,
작은 연대도
소중해

　학원에서 준 요점 정리 학습지를 한 손에 꼭 쥐고 있으면서도 그쪽으로는 좀처럼 시선이 향하지 않았다. 기말고사는 중간고사보다 잘봐야 할 텐데, 벌써부터 내 성적표를 보고 화내는 엄마 목소리가 귀에들려오는 듯했다. 이제 혼나는 일에도 너무 익숙해져서일까. 그런데도 다른 생각이 머릿속을 가득 메우고 사라지지 않았다.

　화장실에 가는 친구들도 한 손에는 책을 들고 있었다. 삼삼오오 모여 있는 친구들의 틈에서도 어김없이 시험과 관련된 이야기가 들려왔다. 이 분위기, 정말 적응되지 않는다.

　저 멀리서 미진이가 걸어오는 모습이 보였다. 미진이는 미용 학원에 다니기 시작하며 공부에 대한 스트레스는 아예 접어버린 것 같았다. 엄마는 미진이 이야기를 듣고 안타깝다며 혀를 찼지만 내 눈에는부럽기만 할 뿐이었다. 일찌감치 꿈을 찾고 나아가는 미진이 모습을 그 누구도 탓할 수는 없을 것이다. 오늘도 미진이 손에는 휴대폰과 헤어롤이 들려 있었다.

"정채! 공부 많이 함?"

평소처럼 미진이는 나를 반갑게 맞아주었다. 미진이는 내 성적을 상상도 하지 못 할 것이다. 매일 학원에 가고 과외 수업을 받는 내가 전혀 공부에 관심이 없는 자신과 점수가 비슷하다는 걸 알면 어떤 반응을 보일까. 미진이, 하나, 수지, 가은이가 공부에 별로 관심이 없어 질문을 하지 않는 게 정말 다행이었다.

미진이와 눈을 마주친 채 고개를 옆으로 가로저었다. 공부를 많이 하고도 하지 않았다고 말하는 친구들이 있다. 자신이 한 공부가 진짜 공부인지 자신감이 없는 친구들이 자존심을 지키기 위해 하는 거짓말이란다. 미진이가 보기엔 내 모습도 그러할까.

"너는 남친이랑 주로 어디서 데이트해?"

머릿속을 가득 메우고 있던 질문을 결국 뱉어버렸다. 사실 준서와의 관계에 대해 미진이에게 털어놓고 상담받고 싶다는 생각을 여러번 했었다. 하지만 매일 눈치만 보고 차마 입을 열지 못했다. 늘 그래 왔듯이 나는 하고 싶은 말들을 혼자 삼키곤 한다.

시험 날 아침에 나눌 만한 대화 내용이 아니라는 것은 인정한다. 하지만 자꾸 내 머릿속에는 이런 생각만 떠오르는 걸 어떡할까. 이것도 내 의지의 문제일까.

"코노! 가끔 영화관도 가고 만화 카페도 가고 친구 커플이랑 보드

카페도 가고? 담주엔 롯데월드 가기로 했어."

미진이는 옆 반 지한이와 1년 넘게 커플이었다. 학교에서는 서로 모르는 척하지만 교문을 나서면 손을 잡고 다닌다고 했다. 둘은 오래 사귀어서인지 분위기도 점점 닮아가는 것 같았다. 과연 평온중학교 2학년의 대표 커플이라고 할 만했다.

미진이의 다채로운 데이트 코스를 듣고 풀이 죽은 나는 대답 없이 고개만 끄덕였다. 미진이는 내 눈치를 보더니 씨익 웃으며 말했다.

"시험 끝나고 데이트 한 번 제대로 하자고 해. 너네 밖에서 만난 적은 있냐?"

나는 할 말이 너무 많아서 미진이 쪽으로 몸을 돌리고 입을 벙긋 벌렸다. 하지만 미진이 뒤로 담임 선생님이 걸어오시는 모습이 보였다. 어쩔 수 없이 나는 또 고민을 털어놓지 못하고 조용히 입을 다물어야 했다.

준서와 사귀고 있는 건 명백한 사실이었다. 준서는 여전히 나를 좋아했다. 그리고 나도 예전보다 더 많이 준서를 좋아하게 됐다. 서로의 마음에는 의심의 여지가 없었다. 하지만 수학여행을 1일로 잡아 세어도 벌써 한 달 반이 넘게 사귀고 있는데, 여태까지 이렇다 할 데이트한 번 한 적이 없었고 아직 별로 친하지도 않았다. 어쩌다 마주치더라도 여전히 날씨 얘기만 하고 있었다.

필통에서 컴퓨터용 사인펜을 꺼내면서 준서를 바라봤다. 준서는 생각보다 공부에 욕심이 많았다. 내 학원 스케줄만큼은 아니지만 준서 역시 바쁜 것 같았다. 예비종이 울리고 나도 모르게 한숨이 쉬어졌다.

"내일모레는 학원 안 가지?"

모처럼 급식실에서 준서와 나란히 앉았다. 그렇다고는 해도 칸막이 때문에 서로 밥 먹는 얼굴을 본다거나 편하게 대화를 나눌 수는 없었다. 밥을 거의 다 먹고 나는 큰 용기를 내어 칸막이 너머 준서 쪽으로 얼굴을 내밀었다. 핫도그를 한입 크게 베어 물고 있던 준서는 부끄러운 듯 입을 가리며 고개를 끄덕였다.

준서의 옆에는 항상 현석이가 있었다. 나는 지금 우리 옆에 현석이가 있어서 오히려 다행이라고 생각했다. 둘이서만 나란히 앉아 급식을 먹는 모습은 아무리 생각해도 부끄러웠다. 준서는 현석이와 어렸을 때부터 친했던 사이라고 한다.

현석이가 역사 문제를 마지막에 고쳤다가 틀렸다고 크게 아쉬워했고 준서는 중간고사 때보다 역사 시험을 잘 봤다며 좋아했다. 나로서는 거리감이 느껴지는 대화 내용이었다.

"그럼 우리 내일모레 뭐 할까?"

급식실에서 나오는 길이었다. 내일모레 우리 데이트하자, 우리 여태까지 데이트 한 번 안 한 거 알고는 있니, 내일모레는 당연히 나 만날 거지? 입속을 맴도는 수많은 말 중에 가장 적당한 걸 골라 겨우 입을 열었다. 내 눈치를 보더니 현석이는 슬쩍 자리를 비켜줬다. 준서와 단둘이 있다고 생각하자 얼굴이 후끈 달아올랐다.

"뭐 하고 싶은 거 있어?"

준서가 특유의 다정한 말투로 되물었다. 나는 살짝 변성기가 온 듯 낮게 깔린 준서 목소리가 좋다.

"시험도 끝났으니까 조금 멀리 가는 것도 괜찮은데……."

아까 미진이가 이야기해 준 데이트 코스들이 하나둘 머리에 떠올랐다. 하지만 준서와 노래방에 가는 건 내키지 않았다. 준서 앞에서 마이크를 잡고 노래 부르는 모습은 떠올리기만 해도 너무 부끄러웠다. 그러면서도 나를 위해 노래를 불러주는 준서의 모습을 보고 싶기는 했다.

"노래방 좋아해?"

내 생각을 알아차린 듯 준서가 물었다. 마음대로 데이트 코스를 계획하는 것이 아니라 이렇게 의견을 물어봐 주는 내 남자친구 준서가 참 좋다.

"어, 근데 좀, 부끄러운데……."

일부러 조금 콧소리를 섞어 말끝을 얼버무렸다. 준서는 나를 보며 환하게 미소를 지었다. 저 눈빛에 담긴 마음은 애정이 틀림없을 것이다.

"그러면 노래방은 다음에 가도 돼. 우리 영화 볼까?"

나는 웃으며 고개를 끄덕였다.

"요즘에 볼 만한 영화가 있나? 채원이 너는 어떤 영화 좋아해?"

"어……."

내가 영화 보는 걸 좋아했던가. 영화를 좋아했던가. 준서의 질문에 마땅한 대답이 떠오르지 않았다. 준서는 이런 내 마음을 알아차리고 아까처럼 환하게 웃었다.

"다음에 생각나면 말해줘. 여러 편 보면서 취향을 맞춰가도 되고. 오늘 내가 영화 예매할게."

드디어 준서와의 첫 데이트 약속이 잡혔다. 남은 시험에 대한 걱정은 의식의 저 먼 곳으로 더 깊이 들어갈 뿐이었다.

마침 화장실에서 만난 신화에게 틴트를 빌렸다. 한껏 들떠서 다음에 떡볶이를 사겠다는 약속까지 해버렸다. 신화는 내가 입술 색이 원래 진해서 틴트를 안 발라도 될 거라더니 막상 틴트를 바르자 너무 예쁘다면서 감탄했다. 부디 준서의 눈에도 이렇게 예뻐 보이기를.

준서는 영화관의 맨 뒤 가운데 자리를 예매했다. 이제 여기에 나란히 앉아 두 시간 동안 같은 화면에 집중하게 될 것이다. 사랑은 마주 보는 것이 아니라 같은 곳을 바라보는 것이라는 말이 있지 않은가. 어른 커플들 사이에 앉아 우리도 엄연히 커플임을 인증하는 기분이 들었다.

준서가 예매한 영화는 일제강점기 독립운동가들이 나오는 내용이었다. 나는 자꾸만 나오는 하품을 참으며 풀려가는 눈에 힘을 주었다. 곁눈질로 바라보니 준서는 영화에 깊이 빠져든 것 같았다. 나도 모르게 또 감겨버린 눈을 뜨기 위해 고개를 가볍게 흔들었다.

나는 무언가 다른 걸 기대했던 것 같다. 팝콘을 먹다가 통 안에서 손이 스쳐 꼭 잡게 된다거나 간지러운 스킨십 장면을 보다가 무심코 서로 눈이 마주쳐서 얼굴이 가까워진다거나 하는. 하지만 우리는 팝콘을 사지 않았고 독립운동을 하는 영화에 간지러운 스킨십 장면이 나올 리도 없었다. 머리가 무거워지면서 지끈지끈 아프기 시작했다. 영화관 안은 산소가 부족해서 머리가 아플 수 있다는 얘기를 들은 적이 있다. 그런데 왜 여기가 대표적인 데이트 장소인 걸까.

"영화 어땠어?"

몰려드는 사람들 속에서 내 몸이 치이지 않게 준서는 한쪽 팔로 내 쪽을 가로막아 주었다. 마지막 부분에서 사람들이 여럿 우는 소리가 들렸는데 준서도 눈이 빨개진 것 같았다. 나도 하품을 여러 번 하다 보니 눈물을 몇 방울 흘리긴 했다.

영화에 대해 칭찬하는 소리가 여기저기서 들렸다.

"으응……. 괜찮았어."

"역시, 그럴 줄 알았어. 액션 영화랑 이거랑 둘 중에 고민 많이 했거든. 근데 왠지 채원이 너가 액션 영화보다는 이런 걸 더 좋아할 것 같았어."

준서는 자신의 선택에 진심으로 뿌듯함을 느끼는 것 같았다. 솔직히 말하자면 나는 역사 영화보다는 액션 영화가 더 좋았다. 머리 아프게 생각할 거리가 없고 우당탕탕 때리고 쏘는 장면을 보면 스트레스가 풀리는 것도 같았다. 액션 영화를 봤다면 잔인한 장면에서 눈을 가리고 슬쩍 준서 품에 안겼을 수도 있을 것이다.

"혹시 돈가스 좋아해?"

긴장되는 마음에 급식도 먹는 둥 마는 둥 했더니 벌써 배가 고팠다. 준서의 물음에 고개를 끄덕이며 대답했다.

"응응. 돈가스 좋아."

"다행이다. 누나가 추천해 준 돈가스 집이 이 근처에 있는데 거기 가자."

내려가는 엘리베이터에 사람이 몰리면서 준서와의 거리가 점점 가까워졌다. 준서는 나를 밀게 될까 봐 몸에 한껏 힘을 주고 있는 것 같았다. 하지만 7층에서 한 커플이 더 타면서 더 이상은 피할 수 없게 되었다. 준서와 손등이 스쳤다. 놀라서 옆으로 몸을 돌리는 순간 가슴이 준서 허리 부분에 닿아버렸다. 얼굴이 후끈 달아올랐다. 준서도 어쩔 줄 몰라 하는 표정이었다.

엘리베이터에서 내려서도 한동안 말이 없었다. 나는 준서와 스쳤던 손을 그대로 쭉 내려뜨린 채 따라 걸었다. 자그마한 일식 돈가스 집에는 테이블마다 칸막이가 쳐져 있었다. 정말 이 세상에 준서와 단둘이만 남은 기분이었다. 등심 돈가스 두 개를 주문하고 조용히 작은 절구통에 깨를 갈았다.

"일제강점기에 살았다면 나도 독립운동을 할 수 있었을까?"

한참 동안의 정적을 깨고 준서가 처음 꺼낸 말이었다. 준서는 아직도 영화에 대한 생각으로 머릿속이 가득한 걸까. 생각지도 못한 질문이었다.

"글쎄 잘 모르겠네."

"어릴 때는 단순하게 나도 무조건 독립운동을 했겠지, 그렇게 살아야지 하고 생각했는데 점점 확신할 수가 없어져. 내 목숨이나 가족의 안위보다 조국에 대한 마음이 더 커야 가능한 건데, 독립운동가 분들 정말 대단해."

나는 대답 없이 곱게 간 깨 위에 돈가스 소스를 듬뿍 따랐다. 지금 이 순간에는 독립운동가보다 김준서가 더 대단해 보였다. 여자친구를 앞에 두고도 독립운동에 대해서만 생각하고 있는 저 남자가.

"벌써 한 학기가 다 지나가네."

드디어 준서가 현실로 돌아오는 것 같았다.

"그러게. 금방이지."

"이번 학기가 끝나면 중학교 생활도 후반전 돌입이야. 하하. 근데 너는 나 언제부터 알았어?"

"우리 같은 반 된 거 올해가 처음이지 않아? 아, 너도 평온초 나왔지?"

"나는 너 3학년 때부터 알았어."

"응? 3학년 때부터 나를 어떻게 알았어?"

"3학년 때 현석이한테 너 얘기 처음 들었거든. 사실 그때부터 좋아했어."

준서는 부끄러운 듯이 웃으면서 커다란 돈가스를 입속에 한가득

집어넣었다. 준서는 나에 대해 생각보다 많은 것을 알 수도 있겠다는 생각이 들었다. 입안에 퍼지는 소스 향이 한없이 달콤하게만 느껴졌다. 우리는 말없이 돈가스를 먹으면서 수시로 눈이 마주쳤다. 그리고 누가 먼저랄 것도 없이 수줍게 웃었다.

돈가스 집 옆에서 산 아이스크림콘을 하나씩 들고 집에 걸어가는 길이었다.

"생애 첫 데이트라 걱정 많이 했었는데 정말 즐거웠어."

준서가 내 쪽을 바라보고 웃어 보였다. 나는 준서 말에 동의하며 고개를 끄덕였다. 따뜻한 여름 공기가 우리를 부드럽게 감싸고 있는 느낌이었다. 더 뜨거워지지도 말고 차갑게 식지도 말고 계속 딱 이런 날씨였으면 좋겠다.

나는 아이스크림을 들고 있는 손을 재빨리 바꾸고 오른손으로 준서의 왼손을 잡았다. 준서는 내가 잡은 손에 가볍게 힘을 주더니 장난스럽게 앞뒤로 흔들었다. 몸에서 행복의 호르몬이 나오는 게 느껴졌다. 내가 지금 걷고 있는 이 길이 구름 위는 아닐까.

사거리 마트 앞을 지날 때였다.

"정채원!"

등골이 오싹해졌다. 엄마 목소리였다. 나는 준서 손을 꼭 잡아 내 쪽으로 당기면서 학교 방향으로 전력 질주했다. 다행히 엄마가 따라오는 것 같지는 않았다.

집에 도착하니 거실에서 엄마와 아빠가 기다리고 있었다. 모른 척 방으로 들어가려는데 엄마가 붙잡았다.

"얼마나 된 거야? 당장 헤어져."

이번에는 엄마 뜻대로 그렇게 쉽게 헤어지지 않을 것이다. 휴대폰이 없어지는 일이 있더라도 준서와 계속 사귈 것이다. 굳은 마음을 먹고 집에 왔지만 엄마의 화난 표정을 마주하자 차마 입이 떨어지지 않았다.

"너 시험은 어떻게 보고 연애질이야? 지금 니 나이가 연애할 나이니? 제발 좀 정신 차리라고 몇 번을 말해."

엄마한테는 뭐라고 해도 어차피 말이 통하지 않을 것이다. 대답 없이 방에 들어가려는 나를 엄마가 확 잡아끌었다. 그러고는 내 등을 강하게 후려쳤다.

"말을 해. 언제부터 만난 거야?"

"오늘 처음 만난 거야. 시험 끝난 날인데 그럴 수도 있잖아."

"처음 만났는데 손을 잡고 다녀? 너 진짜 미쳤니?"

엄마 눈에 눈물이 글썽글썽해졌다. 엄마는 나를 진심으로 사랑하지 않는 것 같다. 내 생각은 항상 뒷전이고 엄마 생각만 강요했다. 엄마가 더 힘들까 봐 아플까 봐 나는 한 번도 진심을 털어놓은 적이 없었다.

"너네 진짜 이 엄마 죽는 거 보고 싶어서 그러니?"

엄마가 자리에 주저앉아 엉엉 울기 시작했다. 협박으로 안 되니까 감정에 호소하는 수법으로 바꾼 건가. 하지만 이번엔 나도 쉽게 물러서지 않을 것이다.

갑자기 방에서 언니가 나왔다. 이 시간에 언니가 집에 있다니 의외였다.

"엄마, 잘 들어봐. 나 수학과 가도 굶어 죽지 않을 자신 있고, 채원이도 지금 연애하면서 더 성장할 수 있어. 우리 인생은 제발 우리에게 결정권을 줘."

수학과? 결정권? 엄마는 언니의 두 팔을 부여잡고 눈물을 흘렸다. 고개를 돌리는 언니의 눈에도 눈물이 가득했다. 아빠는 아무 말 없이 엄마를 부축해서 방으로 들어갔다. 집안 분위기가 심상치 않았다. 하지만 언니 덕분에 나의 연애 전선에 파란불이 켜진 건 분명해 보였다.

*

교실에 새 사물함이 들어왔다. 사물함이 바뀐다는 말을 들었을 때부터 다른 반과는 차별화된 이름표를 붙이고 싶다는 생각이 들었다. 나는 항상 반장으로서 친구들을 위해 무언가를 하고 싶었다. 별로 의미 없는 일일 수도 있다. 하지만 내가 붙인 이름표를 보고 누군가 한 번이라도 웃을 수 있다면.

도연이와 며칠 동안 사물함 이름표에 대한 아이디어를 주고받았다. 그때 옆에서 우리 얘기를 듣고 있던 다희가 평소 다이어리 꾸미던 실력을 발휘해 보겠다며 선뜻 도와주겠다고 말했다. 친구들의 얼굴을 스케치하는 일은 신화가 맡기로 했다. 벌써부터 신이 났다.

교무실에 가서 담임 선생님께 우리의 계획을 말씀드리고 오는 길이었다. 복도에 아이들이 빈틈없이 모여 있었다. 무슨 구경거리라도 났는지 다른 반 아이들이 모두 우리 교실에 고개를 들이밀고 있었다. 싸움이라도 난 걸까. 가슴이 철렁 내려앉았다. 이럴 땐 내가 다치는 일이 있더라도 무조건 싸움을 말려야 한다. 교실을 향해 전속력으로 뛰었다.

지한이가 미진이 앞에 무릎을 꿇고 얼굴 앞에 두 손을 모아 빌고 있었다. 미진이는 팔짱을 끼고 어이없다는 표정을 짓고 있었다. 무슨 심각한 문제가 생긴 걸까. 미진이와 지한이는 오래 사귀었지만 학교에서는 좀처럼 서로 아는 척을 하지 않았다. 심지어 수학여행에 가서도 따로 다녔다. 그래도 둘 사이에 별로 문제는 없는 것 같았는데.

수업 종이 울리고 미진이가 큰소리로 외쳤다.

"빨리 꺼지라고! 쪽팔리게 무슨 짓이야. 우리 다 끝났다니까?"

다른 반 아이들이 교실로 흩어지고 지한이도 돌아갔다. 미진이는 두 눈을 찡그리며 혼잣말로 짜증 난다고 말했다. 태영이가 미진이 옆으로 다가가 손바닥을 아래로 향한 채로 진정하라는 메시지를 보냈다.

지한이는 다시 오지 않았다. 미진이는 괜찮다고 말하면서도 사실은 힘이 드는지 엎드려 보내는 시간이 더 많아졌다. 평소와 달리 화장기 없는 미진이 얼굴을 볼 때면 정말 괜찮은 건지 걱정이 앞섰다.

종례가 끝나고 교실에 남았다. 신화가 아이들의 얼굴을 스케치해서 넘기면 다희가 색칠을 하고 옆에 이름을 적었다. 나와 도연이는 교무실을 오가며 이름표를 코팅해 왔다. 그리고 그림 모양에 맞춰 동글동글하게 가위로 오려 사물함에 단단하게 붙였다.

신화의 그림 실력이 대단했다. 친구들의 특징을 누구보다 잘 파악하고 있는 것 같았다. 최대한 깜찍하고 밝게 표현한 그림 속에서 우리 반 친구들은 모두 다 귀염둥이였다. 그리 오래 걸리지 않아 사물함 이름표를 멋지게 완성했다. 담임 선생님의 감탄을 자아내기에도 충분했다.

나는 친구들에게 사물함 앞에서 사진을 찍자고 제안했다. 도연이, 다희, 신화 모두 만족스러운 표정이었다.

"떡볶이 먹고 갈래? 내가 살게."

어떻게든 고마운 마음을 표현하고 싶었다. 기말고사가 끝나고 수학 과외를 그만두고 나니 비로소 이런 시간이 생겼다. 다행히 셋 다 시간이 괜찮다고 했다.

들어가자마자 분식집 언니와 신화가 대화를 주고받았다. 굉장히 친해 보였다. 하교 시간이 지난 지 꽤 되어서인지 안에는 사람이 별로 없었다. 낙서가 가득한 구석에 넷이 자리 잡았다.

"채원아. 너 혹시 언니 있어?"

벽에 적힌 이름들을 하나씩 짚어보고 있는데 갑자기 다희가 물었다. 도연이가 걱정스러운 표정으로 내 얼굴을 바라봤다.

"으응. 어떻게 알았어?"

"대박. 맞구나. 언니 요즘 이 건물 공부방에서 봉사하시지?"

신화도 우리 언니에 대해 알고 있는 것 같았다. 하지만 공부방에서 봉사한다는 것에 대해서는 한 번도 들어본 적 없었다.

"언니 대학생이지?"

어리둥절한 내 표정을 눈치챈 다희가 다시 한번 물었다. 나는 아무렇지 않게 고개를 끄덕였다.

"신화랑 여기 공부방 다니는데 언제부턴가 오는 언니가 너랑 너무 닮은 거야. 그런데, 옆에 선배들이 말하기를······."

"평온동 전설에 대해 드디어 알게 됐구나."

다희가 망설이는 사이에 도연이가 장난스럽게 말을 받아쳤다. 내 입으로 얘기하는 것보다 나았다.

"수능 만점 진짜야? 대박. 진짜 대박이다."

신화가 깜짝 놀라 동그래진 눈으로 내 얼굴을 빤히 바라보며 말했다. 그 사이에 다희는 휴대폰으로 '평온동 수능 만점'을 검색한 결과를 신화에게 건네주었다. 도연이는 내가 불편해할까 봐 걱정스러운 표정이었다. 나는 도연이를 향해 괜찮다고 말하며 찡긋 웃어 보였다.

"그런데 어떻게 의대를 그만둘 수가 있지?"

"아무리 돈을 많이 벌고 좋은 직업이라도 적성에 맞아야 하지. 의사 진짜 아무나 못 해."

다희의 물음에 도연이는 어른스럽게 대답했다. 그런데 이게 무슨 말이지? 언니가 의대를 그만뒀다고? 친구들보다도 언니 소식을 모른다는 게 이상하게 느껴질까 봐 떠오르는 의문을 애써 숨겼다.

떡볶이를 먹으면서도 계속 머릿속에 물음표만 맴돌았다. 매일 밤 열두 시 넘게까지 그렇게 힘들게 공부했는데, 이제 와서 의대를 그만뒀다고? 친구들이 알고 있는 이 소식이 사실일까.

"근데 이지한 양다리였다는 게 사실이야?"

신화는 미진이 커플에 관한 진실을 알고 싶은 것 같았다. 도연이와 다희도 내게 시선을 집중하며 궁금하다는 표정을 지었다. 우리 학교 학생이라면 누구나 관심을 가지기에 마땅한 사건이기는 했다.

"으응. 다른 데서는 절대 말하지 말아줘."

내 말에 셋은 약속한 것처럼 두 번째 손가락을 입술 앞에 가져다 댔다. 친구들 모습이 귀엽게 느껴졌다.

"알고 보니 이지한이 옆 반 황금별이랑도 사귀고 있었대. 그런데 황금별은 이지한이 미진이랑 작년부터 사귀고 있는 걸 뻔히 다 알고 있었던 거잖아. 미진이는 그냥 이지한이 어떤 앤지 황금별 덕분에 알게 된 걸 고맙게 생각한다고. 금별이한테도 그냥 고맙다고 하고 말았대. 미진이 멋있지 않아?"

얘기하다 보니 미진이가 더 대단하게 느껴졌다. 내가 미진이 친구인 게 자랑스러울 정도였다. 만약 내게 이런 일이 생긴다면 나는 그렇게 행동할 수 있을까. 아마 아닐 것 같다.

"말은 그렇게 해도 미진이 요즘 좀 힘들어하는 것 같아."

도연이가 말했다. 나 역시 그렇게 느끼고 있었다. 스피커에서 나오는 노래가 바뀌자 신화가 자신이 좋아했던 오빠 목소리라며 잘 들어보라고 테이블을 톡톡 쳤다. 신화 말대로 목소리가 좋았다. 반복되는 후렴구의 가사가 귀에 쏙쏙 들어왔다. 속삭이듯 가사를 따라 읊었다.

둘이었던 나는 다시 온전한 하나가 될 수 없어. 그래도 나아지겠지.
하루, 또 하루, 또 하루, 그렇게 지나가면. 다시 하나로……. ♬

이별 노래를 들으며 나도 모르게 준서와 헤어진 내 모습을 상상했다. 가사 내용이 마음 깊이 이해되는 것 같았다.

"성장한다는 건 결국 홀로 당당히 설 수 있게끔 나아가는 과정이 아닐까."

도연이의 어른스러운 말에 살며시 미소가 지어졌다. 다희도 입술을 동그랗게 오므리고 도연이를 빤히 바라봤다. 신화도 작게 소리 내어 웃더니 도연이를 향해 말했다.

"조도연 많이 컸다! 그런 말도 하고."

"어, 나 뭔가 생각났어. 우리 새엄마가 그러는데 우리는 그 누구도 혼자만의 힘으로는 혼자 설 수 없대. 홀로 서기 위해서는 누군가의 도움이 필요한 법이라고. 그래서 우리한테는 가족도 있고 친구도 있고, 또 채원이 너한테는 준서도 있고."

"진정한 혼자가 되기 위해서는 다른 숫자들의 도움이 필요하다는 말이네."

도연이 입에서 숫자 얘기가 나오자 나는 장난스럽게 머리 아프다는 표정을 지었다. 신화는 내 반응에 깔깔 웃더니 표정을 따라 지었다. 왠지 이 친구들 앞에서는 그 어떤 속마음도 다 털어놓을 수 있을 것만 같다.

공부방에서 내려오는 사람이 우리 언니가 맞았다. 나는 아무 말 없이 언니 옆을 따라 걸었다. 언니가 나를 힐끗 돌아봤다. 한집에 살면서도 이렇게 언니 얼굴을 가까이서 본 적이 없었던 것 같다.

"야, 너는 연애 좀 비밀스럽게 해."

언니가 내게 처음으로 건넨 말이었다. 약간의 짜증 섞인 말투가 나를 탓하는 것 같았다.

"어떻게 비밀로 해? 거기 엄마가 있을 줄 어떻게 알았냐고."

"엄마 거기 마트에서 장 보는 거 모르냐? 거기서 꼭 손을 잡아야겠냐고."

"언니는 안 해봐서 그래. 모솔 주제에 무슨 조언을 해."

"누구보고 모솔이래? 야, 너는 이 언니가 얼마나 인기가 많은지 모르지?"

지금 대화 나누고 있는 사람이 정말 언니가 맞나 싶었다. 언니가 모솔이 아니라는 것도 믿기 어려웠다.

"그럼 연애 해봤어? 언제? 어떻게?"

나는 발을 동동 구르면서 언니에게 연애 이야기를 해달라고 떼를 썼다. 언니는 그런 내 모습을 보고 한쪽 입꼬리를 올리며 씨익 웃었다.

"근데 좀 괜찮은 애랑 사귀어라. 아무나 사귀지 말고. 잘 모르겠으면 언니한테 물어보고. 우리 사이에 감출 게 뭐 있어. 아, 아니, 이참에 한번 보지?"

언니와 내가 '우리'라는 단어로 묶이는 것이 어색하기만 했다. 그런데도 언니 말처럼 당장이라도 준서와 삼자대면이 이루어질 것 같아 얼굴이 달아올랐다. 하지만 준서에 대해서는 왠지 모를 자신감이 있었다. 엄마도 준서에 대해 알고 나면 무조건 연애를 반대하지는 않을 것이다.

"그런데, 진짜 학교 그만뒀어?"

"빨리도 알았다?"

"진짜로? 의대를 그만뒀다고?"

친구들 말이 사실인 듯싶었다. 지난주부터 며칠째 엄마가 끙끙 앓았던 이유가 여기에 있었던 것이다. 나도 상상이 가지 않았다. 의대에 가고 싶어도 가지 못한 사람은 많이 봤지만 그 반대의 경우는 거의 보지 못했기 때문이다. 아마도 이런 내 생각에는 엄마의 영향이 클 것이다.

"어떻게 의대를 그만둘 수가 있어?"

"인생 짧아. 의대 공부하다 보니까 더 그렇게 느껴져. 좋아하는 공부 하고 좋아하는 사람만 만나기에도 시간이 짧은데, 적성에도 안 맞는 괴로운 거 하면서 시간 낭비하고 싶지 않았어. 아빠가 의사라고 해도 나는 그게 안 맞더라. 아무리 노력해도."

언니는 처음으로 내게 속마음을 털어놓고 있었다. 내가 태어났을 때 이미 언니는 초등학교 입학을 앞두고 있었다. 항상 어린애 같기만 한 내게 어떤 고민도 털어놓을 수 없었을 것이다. 언니 역시 나만큼 많이 외로웠겠다는 생각이 들었다.

"수학이 좋아?"

"수학처럼 아름다운 학문이 없지. 수학이 우리 생활 곳곳에 얼마나 깊이 들어와 있는지 모르지?"

나는 입술을 삐죽 내밀고 고개를 가로저었다. 수능 만점자는 도대체 무슨 생각을 가지고 사는 건지.

"아무튼 그래서, 너도 네가 좋아하는 거 하면서 좋아하는 사람 만나고 좀 즐겁게 살았으면 좋겠다는 거야. 그 남친은 내가 한 번 보고 괜찮으면 엄마한테 잘 말씀드릴게. 근데 아니면 진짜 헤어져라? 그리고 엄마 너무 미워하지 마. 엄마가 우리 힘들게 하는 것 같지만 진심이 어떤지는 너도 다 알잖아."

"알긴 아는데……. 그리고 걔 진짜 괜찮은 애야. 언니가 보면 반할 수도 있다?"

"절대 안 반할 테니 걱정하지 마."

언니는 어린아이를 대하는 표정으로 나를 빤히 보며 말했다. 언니의 한 마디 한 마디가 어른스럽게 느껴졌다.

"그런데 언니, 나 공부 진짜 어떻게 하지?"

"모두가 공부를 잘할 수는 없어. 그런데 될지 안 될지는 일단 한 번 해보고 얘기해. 너 나이 때 죽도록 열심히 해보는 경험, 그건 진짜 해봐야 돼."

"나도 잘해보고는 싶은데 방법도 모르겠고 잘 안 되니까. 내가 공부 못하는 게 엄마보다 내가 더 힘들지 않겠냐고. 사실 나 진짜 힘들어."

그동안 누구한테도 하지 못했던 말이 언니 앞에서 술술 쏟아져 나왔다. 언니가 내 어깨를 톡톡 두드리면서 말했다.

"혼자 너무 다 끌어안고 있지 마. 야, 언니가 수능 만점자인데 왜 한 번도 이 언니한테는 질문도 안 하냐? 나랑 기초부터 다시 해보자. 도와줄게."

"그런다고 될까?"

"되든 안 되든 일단은 해보자는 거야. 말했잖아. 그런 경험이 중요하다고."

"꼭 선생님처럼 말한다?"

집까지 걸어오면서 언니와 끊이지 않고 대화를 나눴다. 처음이었다. 언니의 속마음을 들은 것도, 내 속마음을 스스럼없이 털어놓은 것도, 언니와 몇 분 동안 대화를 나눈 것도. 인생의 지원군이 생긴 것 같아 마음이 든든해졌다.

🗨 오늘 오후에 비 온대. 아침부터 하늘이 잔뜩 흐리다. 그래도 웃는 얼굴

로 보자!♡♡♡

언제부턴가 알람을 끄고 준서의 메시지를 확인하는 일이 당연해졌다. 준서 덕분에 아침에 일어나는 것도 학교에 가는 것도 더 행복해졌다. 방학이 다가오는 게 처음으로 아쉽게 느껴졌다.

하지만 준서에게 답장을 보낸 적은 없었다. 고맙다는 말도 보고 싶다는 말도 언제나 망설여지기만 했다. 내일 내 마음이 변하면 어떻게 하지, 내 말을 다른 의도로 받아들이면 어떻게 하지, 늘 하던 고민들은 오늘도 어김없이 머릿속을 가득 메웠다. 휴대폰 화면을 열고 한참을 망설였다.

오늘은 왠지 꼭 답장을 보내고 싶다. 늦어서 학교에 달려가는 일이 있더라도 꼭 답장을 보내야겠다.

  ▽ 우산 꼭 챙길게. 소중한 메시지 정말 고마워! 얼른 가서 준서 봐야
    지*^^*

열다섯 우리,
작은 연대도
소중해

"우산 가지고 가라."

할아버지가 집 앞까지 따라 나와서는 우산을 건네주었다. 할머니는 오늘도 어김없이 주방 창문을 통해 내 뒷모습을 보고 있었다.

지병으로 고생하던 아빠가 돌아가시고 혼자 나를 키우던 엄마에게 할머니 할아버지는 엄청난 제안을 했다. 나를 잘 키우고 있을 테니 유학을 다녀오라는 것이었다. 엄마 꿈은 어려서부터 제빵사였다고 한다. 하지만 아빠와 결혼하고 오랜 기간 간병을 하면서 꿈은 잊은 지 오래였을 것이다. 엄마는 한 달 넘게 고민한 뒤에야 겨우 그 제안을 받아들이기로 했다.

할머니 할아버지가 하나밖에 없는 손녀인 나를 어떻게 생각하는지는 잘 알고 있다. 이렇게 나를 돌봐주시는 것에 대해 감사하는 마음 역시 가지고 있다. 하지만 막상 할머니 할아버지 앞에 있을 때면 착하게 행동하기 어려웠다. 특히 할머니와 대화를 나눌 때면 말이 통하지 않는다는 생각에 버릇없게 굴 때도 많았다.

골목 귀퉁이에 공사하는 아저씨들이 모여 있었다. 공중전화 박스를 철거하는 것 같았다. 이 공중전화는 어릴 적부터 할머니 집을 찾을 수 있게 해주는 단서였다. 할머니 집은 지하철을 내려 평온 1동을 지나 2동에 들어와서도 좁은 골목길을 몇 번이나 더 지나야 했다. 이 공중전화 박스가 없었다면 어린 나는 여러 번 길을 잃어버렸을 것이다.

할머니 집에 올 때면 공중전화 박스가 내 놀이터였다. 숨바꼭질을 하며 문을 닫고 눈을 가린 채로 웅크려 앉아 있으면 한참을 두리번거리던 아빠가 드디어 찾았다며 나를 들어 안아주곤 했다. 3년 전 엄마가 유학을 떠나던 날에는 여기까지 따라 나와 엄마의 뒷모습을 보고 엉엉 울기도 했다.

잠시 걸음을 멈추어 분해되고 있는 공중전화 박스를 조용히 바라봤다. 작업에 열중하던 아저씨 한 분이 나를 돌아보았다. 무슨 말이라도 해야 할 것 같았다.

"공중전화 없어지는 거예요?"

"어. 이거 전화 안 된 지도 오래됐어. 이제 아무도 안 쓰잖아. 걸리적거리기만 하지."

공중전화 박스가 없어진다고 생각하니 가슴 한가운데 구멍이 뻥 뚫리는 것 같았다. 거리에서는 비 오는 날 특유의 냄새가 풍기고 있었다. 금방이라도 비가 쏟아질 것같이 가라앉은 공기가 내 마음을 더 무겁게 눌렀다.

예전 같았으면 오늘처럼 비 예보가 있는 날엔 오히려 기분이 좋아졌을 것이다. 나는 비 오는 날을 좋아했다. 하지만 수학여행에서 빗길에 넘어져 다친 뒤로는 비 오는 날이 조심스럽기만 하다. 넘어진 내게 도연이가 짜증 내던 것도, 나 때문에 우리 반만 장기자랑에 참여하지 못하게 된 것도, 우리를 찾아다니다가 채원이가 울어버린 것도 다 아찔한 기억이었다. 하필 현석이에게 부축을 받게 된 것도. 하지만 이러니저러니 해도 발목이 아픈 게 제일 괴로웠다. 나는 낮게 깔린 비 냄새를 맡으며 고개를 가로저었다.

반 분위기는 날씨의 영향을 많이 받았다. 흐린 날에는 아이들이 더 피곤해했다. 오늘따라 엎드려 자고 있는 아이들이 유난히 더 많았다. 물론 기말고사가 끝났다는 이유도 있겠지만. 나도 덩달아 머릿속이 멍한 느낌이었다.

쉬는 시간 종이 울리고 멍하니 앉아 있는데 다희가 밝은 표정으로 다가왔다. 다희는 언제나 밝고 긍정적이었다. 나와는 다른 종족인 것 같은. 처음엔 불편하기도 했지만 다희에게도 아픔이 많다는 걸 알게 되고는 왠지 더 가까워진 느낌이었다.

"신화야, 너 이번 토요일에 뭐 해?"

주말에 별다른 일정은 없었다. 매주 그랬지만 시험이 끝나고 나니 더 공식적으로 한가해진 느낌이 들었다. 주말에도 만나서 시간을 보낼 만큼 가까운 친구가 있는 것도 아니었고 가족들과 시간을 보낼 만한 상황도 아니었다. 할아버지는 주말에도 출근하는 날이 많았고 할머니는 평소처럼 끼니를 챙겨줄 뿐이었다.

"별다른 일은 없는데, 왜?"

"잘됐다! 그럼 무료 급식소 봉사 같이 할래?"

생각지도 못한 제안이었다. 작년에도 시간을 채우기 위해 봉사 활동을 하긴 했지만 봉사다운 봉사는 한 적이 없었다. 시간만 채우면 되는데 힘든 활동을 하며 에너지를 많이 쓰고 싶지 않았다. 작년에는 소진이와 구립 도서관에 가서 청소하고 책을 정리하며 겨우 시간을 채웠다.

"어디서 하는 건데? 몇 시간 줘?"

"이번 주말에 평온역에서 무료 급식소 처음 열려. 아, 그런데 이게 이번엔 봉사 시간을 못 받아. 센터가 아직 등록이 안 돼서……."

"봉사 시간이 안 나와?"

"이번에 처음 열리는 거라서 그런데, 곧 인증받고 나면 될 거라고 했어."

시간도 받지 못하는 봉사 활동을 할 필요가 있을까 싶었다.

"시간 나오는 데 가서 하지 왜?"

"이번에 처음이라 손이 많이 필요해."

"전에도 해봤어?"

"응! 서울역에서 계속 하고 있었어."

"너는 봉사 시간 벌써 다 채웠겠다."

"아 잊어버리고 있었다. 생각해 보니 봉사 시간 한 번도 안 받았네."

다희는 정말 깜빡 잊고 있었다며 순수한 표정을 지어 보였다. 솔직하게 말하면 선뜻 내키지 않았지만, 나쁜 사람처럼 보일까 봐 둘러대기 시작했다.

"나 요리 하나도 못해. 괜히 가면 방해만 될지도."

"에이, 안 그래. 요리는 나도 못해. 요리 해주시는 분들은 따로 다 계셔. 가서 테이블 닦고 배식하고 뒷정리만 도와도 정말 큰 도움이 돼. 일손이 부족해서 기다리다가 못 드시고 그냥 가시는 분들도 있거든."

다희는 내 손등을 톡톡 치면서 설득했다. 그러더니 갑자기 입술 앞에 손을 동그랗게 말고 내 귀 가까이로 다가왔다.

"거기 이현석도 와."

다희의 숨결에 화들짝 놀란 나는 온몸에 닭살이 쫙 돋았다. 다희는 자기가 한 말의 내용 때문에 내가 놀란 줄 알고 깔깔 웃었다. 나는 두 팔을 비비면서 못 이기는 척 다희의 제안을 받아들이기로 했다. 하지만 절대로 이현석 때문에 가는 것은 아니라고 몇 번이나 강조했다.

다희는 내 다이어리에 그려진 그림이 이현석과 닮았다고 했을 때부터 은근슬쩍 내가 이현석을 좋아한다는 식으로 엮고는 했다. 그 그림이 이현석과 닮은 것도 맞고 현석이의 웃는 얼굴을 종종 떠올리는 것도 사실이지만, 나는 내가 현석이를 좋아한다고 생각하지는 않는다. 은후 오빠나 김준서를 좋아할 때의 마음과는 달랐다. 하지만 어떤

점이 다른지 명쾌하게 설명하기는 어려웠다.

그때 도연이와 채원이가 교실에 들어왔다. 둘은 다음 주에 있을 학급 단합대회를 준비하면서 매일같이 분주한 모습이었다. 도연이는 이제 쉬는 시간에 책을 읽지 않았다. 덕분에 나는 도서실에 갈 일이 없어져 좋았다. 도서실 구석에 있는 거울은 때때로 그립기도 했지만.

도연이는 아이들 앞에서 다짐한 대로 정말 열심히 노력했다. 가끔 이전과는 다른 사람이 된 것 같다는 생각마저 들 정도였다.

다희 말대로 평온역 광장에 무료 급식소가 차려져 있었다. 먼저 도착한 어른들이 천막을 가리고 테이블을 설치하고 있었다. 여기저기서 도착한 트럭에는 식재료가 가득 들어 있었다. 수돗가 쪽에 내 또래로 보이는 애들이 몇 명 서 있었지만 다희는 아직 오지 않은 것 같았다.

아침부터 더운 기운이 가득했다. 땀이 난 이마에 앞머리가 붙는 게 느껴졌다. 주머니에서 손수건을 꺼내 이마에 흐르는 땀을 닦았다. 그리고 휴대폰 거울을 들어서 내 얼굴을 바라보며 앞머리가 뭉치지 않게 손으로 마구 문질렀다. 이러고 있는 내 모습을 수돗가 쪽에 서 있는 애들이 바라보는 것 같았다. 어색해서 음악 소리를 더 크게 키웠다. 틴보이즈 노래를 틀었지만 지금 이 순간에는 왠지 은후 오빠의 목소리도 귀에 들어오지 않았다. 다희가 기다려질 뿐이었다.

그때 누가 내 어깨를 톡톡 두드렸다. 드디어 다희가 왔나 보다 생각하며 뒤를 돌았는데 앗, 현석이었다. 당황한 나는 서둘러 이어폰을 귀에서 뺐다. 이어폰 안에서 나오는 음악 소리가 현석이에게 전해질까 봐 부끄러웠다.

"너도 해?"

"어, 어어."

"잘 생각했다."

나를 칭찬하기라도 하는 것처럼 현석이는 웃는 표정을 지었다. 위아래의 이빨이 몽땅 드러날 만큼 크게. 현석이의 웃는 얼굴을 마주하자 나도 모르게 얼굴이 뜨거워졌다. 정말이지 몹시 더운 날이었다.

수학여행 이후로 현석이와 대화를 나누는 건 처음이었다. 수학여행에서의 기억이 떠올랐다.

놀이공원에서 나와 도연이는 더 안 맞았다. 도연이는 겁이 많아서 어린애들이 타는 놀이기구만 탈 수 있었고, 나는 그런 건 재미없어서 타기 싫었다. 그래서 우리는 평소처럼 도연이가 타고 싶다는 놀이기구를 한 번 타고 그다음에는 내가 타고 싶어 하는 놀이기구를 타기로 했다. 그런데 그게 도연이에겐 무리였는지 억지로 탄 바이킹에서 내려서부터는 속이 울렁거린다며 몇 번이나 화장실로 향했다. 그러는 동안 나는 혼자 벤치에 앉아 계속 인터넷을 검색하고 음악을 들었다. 해가 지고 비가 쏟아지기 시작했을 땐 이미 배터리가 다 닳아서 휴대폰을 사용할 수 없었다.

어느새 집합 시간이 다가왔는지 주위에서 애들이 뛰기 시작했다. 나도 덩달아 뛰었다. 이런 날에 늦어서 애들한테 원망을 사기 싫었다.

그때 갑자기 신발이 미끄러지면서 발목이 꺾인 채 넘어지고 말았다. 내 모습을 보고 달려온 도연이는 괜찮냐고 물어보더니 얼른 일어나서 가자고 말했다. 말투에는 짜증이 묻어 있었다. 나 때문에 도연이까지 늦는다는 생각에 미안한 마음이 있었지만 한편으로는 섭섭하기도 했다.

비에 젖은 다리를 일으켜 세워 걸음을 재촉했다. 하지만 한 발짝씩 옮길 때마다 통증이 무척 심했다. 오른발은 땅에 디딜 수조차 없었다. 도연이가 나를 업고 가는 일은 애초에 불가능했다. 그러는 사이에 놀이공원 안은 더 어두워졌고 주위에 있던 아이들도 모두 사라졌다.

그러고 있을 때 어디선가 현석이와 준서가 달려왔다. 현석이는 능숙하게 내 팔을 자기 목에 감더니 나를 부축해 한 걸음씩 움직였다. 준서는 선생님께 우리를 찾았다는 소식을 전하러 달려갔고 도연이는 현석이 휴대폰으로 길을 밝혔다. 우산이 자꾸 내 쪽으로 기울어지면서 현석이 몸이 비에 젖어가는 게 느껴졌다. 나는 이런 상황이 너무 민망해서 차마 고개를 들 수 없었다.

"친구니?"

"네, 같은 반이에요."

위생 모자를 쓰고 커다란 앞치마를 두른 아주머니가 현석이에게 아는 척을 했다. 환하게 웃는 얼굴이 왠지 현석이와 닮은 것 같았다.

"우리 엄마야."

깜짝 놀란 나는 두 손을 모으고 고개를 숙여 공손하게 인사드렸다. 아줌마는 잘 부탁한다고 말하더니 수돗가로 향했다. 어느새 수돗가에는 어마어마한 양의 시금치가 쌓여 있었다. 여태까지 본 시금치 중에 가장 많은 양이었다.

"일찍 왔네? 여기 내 친구, 인사할래?"

뒤이어 나타난 다희 옆에는 처음 보는 여자애가 있었다. 키가 크고 활발해 보이는 인상이었다. 여자애는 나와 현석이를 향해 오른손을 흔들며 인사했다.

"안녕. 함세아라고 해. 다희 이전 학교 친구야."

그러더니 다희와 서로 눈을 마주친 채 재미있다는 듯 웃었다. 다희와 무척 가까워 보였다. 전학을 오고 다른 학교에 다니게 됐는데도 이렇게 만나는 친구가 있다는 게 부러울 뿐이었다. 다희와 세아는 반만 달라져도 금세 멀어지는 나와 그간의 내 친구들과는 다르게 깊은 우정을 나누는 사이일 것이다.

어른들은 조를 나누어 메뉴를 하나씩 맡았다. 왼쪽에서는 엄청나게 큰 솥에 미역국을 끓이기 시작했고 오른쪽에서는 전을 부치기 시작했다. 삶은 메추리알을 까는 일에는 중학생 여섯 명이 투입되었다. 날씨가 덥다는 것도 잊어버리고 잔칫집 분위기에 왠지 신이 났다. 여기저기서 맛있는 냄새가 풍겨왔다. 아침을 먹지 않고 나와서인지 뱃속에서 꼬르륵 소리가 그치지 않았다.

나와 다희, 세아, 현석이는 테이블을 닦고 의자를 정리하는 일을 맡았다. 다희 말대로 누구나 할 수 있는 일이었다. 누가 보고 있는 것도 아닌데 테이블의 작은 얼룩도 깨끗하게 지우고 싶어 행주를 쥔 손에 더 힘을 주게 되었다. 어디선가 몰려든 사람들이 하나둘 줄을 서기 시작했다.

음식이 완성되어 배식대로 향했다. 밥과 국을 배식하는 일은 앞치마를 두른 어른들이 맡았고, 우리 넷은 자연스럽게 반찬을 하나씩 맡게 되었다. 다희는 시금치 무침, 세아는 배추김치, 현석이는 동태전, 나는 메추리알 장조림이었다. 우리에게 커다란 집게가 하나씩 주어졌다. 1인당 세 장씩 동태전을 배식해야 하는 현석이는 집게 때문에 전의 모양이 망가지지 않도록 연습까지 했다.

식판을 든 사람들이 우리 앞에 줄을 섰다. 모두들 배식하고는 "맛있게 드세요"라며 인사까지 했다. 나도 옆에 아이들을 따라 작은 소리로나마 인사를 하기 시작했다. 처음에는 조금 어색하게 느껴졌지만 점점 익숙해지며 목소리가 더 커졌다. 음식을 받아 가시는 분들도 대부분 "감사합니다"라고 인사하며 고마움을 표현했다.

하지만 곧이어 문제가 발생했다. 배식이 원활하게 진행되지 않고 점점 줄이 더 길어지기만 했다. 반찬 맨 마지막에 서 있던 내가 원인이었다. 아무리 노력해도 메추리알이 잘 집히지 않았다. 메추리알을 한 번에 두 개씩 집어 세 번 이상 배식해야 하는데 자꾸만 식판 위에서 손이 미끄러졌다. 밥 위로 메추리알이 데굴데굴 굴러가기도 했다. 줄을 서 있는 사람들의 눈치를 보면서 마음이 조급해지자 더 실수가 잦아졌다.

현석이가 잠시 자리를 비웠다가 달려오면서 내게 작은 국자를 가

져다주었다. 현석이가 준 국자로 메추리알을 옮기니 훨씬 편했고 속
도도 빨라졌다. 현석이는 손바닥으로 자기 입을 슬쩍 가리고는 엄청
난 비밀을 털어놓기라도 하는 듯이 내게 속삭였다.

"국물도, 국물도 퍼."

별것도 아닌 말이었는데 또나시 얼굴이 화끈 달아올랐다.

두 시간 가까이의 배식이 끝나고 나자 오른손이 후덜덜 떨리는 느
낌이었다. 계속 서 있어서인지 다리도 아팠다. 이제 남은 음식은 고생
한 우리의 몫이었다. 나 역시 동태전은 세 개, 메추리알은 여섯 개를
담아 왔다. 정말 맛있었다. 옆에 현석이가 앉아 있다는 것도 미처 의식
하지 못할 정도로 배가 많이 고팠다.

우리가 식사를 하는 중에 다른 팀은 설거지를 하기 시작했다. 식사
가 끝난 사람들은 누가 먼저랄 것도 없이 테이블을 닦고 정리했다. 나
도 덩달아 부지런히 자리를 치웠다.

세아는 오늘 정말 재미있었다며 다음에 또 보자는 말을 전했다. 볼
수록 다희처럼 성격이 좋은 아이 같았다. 세아와 함께 다희가 지하철
을 타러 가고 나는 또 현석이와 둘이 남았다.

"힘들지?"

현석이 머리가 땀에 다 젖어 있었다. 몹시 덥고 피곤해 보이는데도
표정은 여전히 웃고 있었다. 순간 내 앞머리의 안부가 궁금해진 나는
손을 들어 이마를 짚어봤다. 아뿔싸, 앞머리가 또 땀 때문에 이마에 찰

싹 달라붙어 있었다. 급한 대로 손바닥을 이용해 이마에 흥건한 땀을 닦았다. 그러고는 아까 세아가 한 말을 떠올리며 따라 하듯 대답했다.

"아니야. 재밌었어."

"오, 그럼 다음에 또 오는 거다!"

나는 대답하지 않고 그냥 웃어 보였다.

"오늘 자기 전에 스트레칭 한 번 해. 오늘은 괜찮은 것 같아도 내일 일어나면 몸이 많이 힘들 수 있거든. 따로 하는 거 없으면 내가 영상 보내줄게."

"그, 그래."

"휴, 이제 진짜 여름이 다가오는구나!"

현석이는 여름에 당당하게 맞서기라도 하는 것처럼 양팔을 번쩍 들어 기지개를 켰다.

*

시험이 끝났지만 여전히 방과 후에는 공부방으로 향했다. 방학식에 나올 성적표가 걱정되긴 했지만 시험 전에도 하지 않던 공부를 할 리는 없었다. 공부방은 더 이상 스트레스의 장소가 아니었다. 시원한 에어컨 바람을 쐬면서 쉴 수 있는 곳이었다. 오늘도 공부방에는 시원한 에어컨 바람에 유칼립투스 향이 퍼지고 있었다.

이 시간의 자원봉사자는 채원이 언니였다. 채원이 언니는 채원이와 옆모습이 신기할 정도로 닮았다. 저런 외모에 수능까지 만점을 받았다니 믿기지 않았다. 채원이 언니가 봉사자로 왔다는 소문이 돌면서 공부방에는 고등학생 언니 오빠들이 더 많아졌다. 어떤 때는 질문하는 줄이 휴게실까지 길어지기도 했다.

담임 선생님의 조언에 따라 여름방학 계획을 세워보려고 다이어리를 펼쳤다. 하지만 펜을 쥐고도 달력의 날짜만 멍하니 바라볼 뿐이었다. 내일모레면 엄마가 돌아온다. 엄마가 오면 다시 전에 살던 동네로 이사를 가야 하는 걸까. 할머니 할아버지는 이제 다시 두 분이서 생활해야 하는 걸까. 이곳을 떠나야 한다는 게 솔직히 내키지 않았다. 미리 걱정은 하지 말자며 마음을 다독였지만, 모든 게 불확실하게 느껴져서 아무런 계획도 세울 수 없었다.

애써 웃는 얼굴을 그렸다. 습관적으로 입을 더 크게 칠했다. 더 크게 크게 칠하는데 자꾸만 현석이가 떠올랐다. 지난주 봉사 활동 이후로 현석이와의 개인 채팅방이 생겼다. 현석이는 자기가 좋아하는 스트레칭이라며 영상을 공유해 줬다. 나는 간결하게 고맙다는 답장을 보냈고 현석이는 자기 얼굴처럼 환하게 웃는 이모티콘을 보냈다. 그후 심심할 때마다 현석이와 나눈 카톡 방을 열어보고는 한다.

다이어리를 정리하고 분식집으로 향했다. 빛나 분식은 여름을 맞이하여 슬러시 메뉴를 출시했다. 나는 오렌지 슬러시를 하나 주문하고는 계산대에 천 원짜리 한 장을 살며시 올려놓았다. 언니가 요즘은 내게 아예 돈을 받으려고 하지 않기 때문이다. 양도 훨씬 많이 주면서.

"어휴, 날씨 덥다."

언니가 내 앞에 앉으면서 슬러시를 건네주었다.

"방학이 다음 주?"

"네, 다음 주 금요일이요."

"좋겠네."

나는 방학을 정말 좋아한다. 방학이라고 해서 다른 아이들처럼 여행을 가거나 특별한 일정이 있는 것은 아니다. 하지만 학교에 가지 않아도 된다는 것만으로도 충분히 좋았다. 이번 방학에는 어떤 시간들이 기다리고 있을까. 엄마가 돌아오면 내 시간은 또 어떻게 변하게 될까. 오렌지 맛 슬러시는 아주 상큼하고 시원했다.

"방학은 어떻게 보낼 계획이야?"

"아직 잘 모르겠어요."

언니에게 엄마 얘기는 하지 않았다. 언니와 꽤 많은 대화를 나누고 어느 정도 친해지긴 했지만, 우리 집안 사정을 속속들이 털어놓기는 어려웠다.

"일단 푹 쉬어."

"방학 때는 빛나 분식 안 하죠?"

"응, 방학 일정에 맞춰서 나도 좀 쉬어야지. 아, 그 봉사 활동은 방학에도 하는 거야?"

"어떻게 할지 잘 모르겠어요."

봉사 활동을 하고 오니 몸은 힘들었지만 의미 있는 시간을 보냈다는 뿌듯함이 솟아올랐다. 다희는 특별한 일정이 있을 때를 제외하고는 무조건 봉사 활동에 참여할 거라고 말했다. 같이 왔던 세아도 또 온다는 걸 보면 정말 꽤 재미있었나 보다. 나도 기회가 된다면 또 참여하고 싶었다. 올해 봉사 시간은 거기서 한 활동으로 다 채울 수 있을 것이다. 하지만 지금은 내일모레 돌아오는 엄마에 대한 생각만으로도 머릿속이 복잡했다. 다른 계획은 세우기 어려웠다.

"내일모레 학교 끝나고 바로 여기로 올래?"

"내일모레요?"

"응. 내일모레는 장사 안 할 거야. 뒷문으로 와야 돼."

"저, 내일모레는 안 될 것 같은데……. 엄마가 오는 날이라서요."

"그래. 올 수 있으면."

언니는 내 거절에도 아무렇지 않게 씽긋 웃었다. 엄마가 오는 날이라는 말에도 별다른 질문을 하지 않았다.

하루 종일 몸이 둥둥 떠 있는 느낌이었다. 설레고 기분이 좋기도 했지만 이후 내 생활에 대해 걱정되는 마음도 있었다. 그래도 확실한 건 엄마를 빨리 보고 싶다는 마음이었다. 종례가 끝나고 휴대폰 전원을 켜자 카톡이 와 있었다.

💬 끝나고 학교 앞 분식집으로 와. 기다리고 있을게.

엄마가 학교 건물 사진을 보낸 게 벌써 두 시간 전이었다. 그런데 이런 날 하필 청소 당번이라니. 나는 교탁 앞에 서 있는 담임 눈치를 보다가 가방을 메고 빗자루를 들었다. 대충 청소하는 시늉만 하고 얼른 달려 나갈 생각이었다. 그때 게시판을 정리하고 있던 도연이가 다가왔다.

"오늘 급한 일 있냐?"

"어어, 오늘 나 좀 빨리 가봐야 되는데."

도연이가 내 손에 있던 빗자루를 슬쩍 빼앗았다.

"오늘은 친구 찬스! 내가 할 테니까 얼른 가봐라."

"오오, 웬일이냐?"

청소하는 도연이 모습을 뒤로 하고 서둘러 학교를 나섰다. 언니 말대로 분식집은 오늘 문을 열지 않았다. 뒷문으로 들어오라고 했던 말을 떠올렸다. 그렇다면 엄마는 닫힌 분식집에 어떻게 들어가 있는 걸까. 학교 앞에 다른 분식집이 또 있나.

설마, 하는 마음으로 빛나 분식의 뒷문을 열었다. 헉, 진짜로 엄마가 있었다! 엄마는 한걸음에 달려와 나를 부둥켜안았다. 옆에서 빛나 언니가 웃으며 우리 모습을 바라보고 있었다. 나는 엄마 품에 안긴 채로 두 사람을 번갈아 쳐다봤다.

"둘이 아는 사이야?"

"우리 딸, 많이 컸네. 아휴, 잘 지내서 다행이다."

엄마는 물음에 대한 답은 잊은 채 내 모습을 보고 꼭 껴안고를 반복했다. 눈물까지 글썽이는 것 같았다.

"둘이 어떻게 알아?"

내가 같은 질문을 한 번 더 반복하자 빛나 언니가 다가와 엄마 팔을 톡톡 치며 말했다.

"언니, 이제 앉아라. 신화 힘들겠다."

빛나 언니가 방금 우리 엄마를 언니라고 불렀다. 둘이 아는 사이일 거라고는 한 번도 생각해 본 적이 없었다. 눈물을 흘리다가 콧물까지 훌쩍이는 엄마를 대신해서 빛나 언니가 입을 열었다.

"신화야. 사실 엄마랑 내가 친구야."

딱 봐도 엄마보다는 빛나 언니가 훨씬 어려 보였다. 어리둥절한 내 표정을 보더니 언니가 설명을 덧붙였다.

"물론 나이 차이는 좀 나지만. 친구 사이에 나이 차이가 중요한 건 아니니까."

엄마는 그제야 웃으면서 눈물을 닦고 말했다.

"친구도 어디 보통 친구니? 둘도 없는 사이지."

"언니, 우리 어떻게 친해졌는지 신화한테 말해도 돼?"

엄마는 코를 풀면서 고개를 끄덕였다.

"내가 신화 나이였을 때 좋아하는 연예인이 있었거든. 팬클럽도 들고 콘서트도 따라다니고 그랬었는데, 어느 날 콘서트에 갔다가 나오는 길에 이상한 사람들을 만나서 돈을 다 뺏겨버린 적이 있었어. 지금 생각해도 무섭다. 그때는 휴대폰도 없고. 한밤중에 집에는 어떻게 가나 길에서 혼자 울고 있는데, 언니가 나타난 거야."

엄마는 그때 생각이 난다면서 웃어 보였다. 아련하게 추억을 떠올리고 있는 것 같기도 했다.

"그때 언니네 엄마 아빠까지 다 같이 나와서 우리 집에 데려다주셨어. 나는 너무 고마워서 언니 삐삐 번호 받았다가 매일 삐삐 치고."

드라마에서나 봤던 삐삐 얘기가 나오자 웃음이 나왔다. 엄마와 빛나 언니도 덩달아 웃었다.

"알고 보니 우리 둘이 같은 멤버 팬이더라고. 라이벌이기도 했는데. 그다음부터는 콘서트도 계속 같이 다녔지?"

엄마가 연예인을 좋아하고 콘서트에 따라다녔다는 것은 처음 알게 된 사실이었다. 내가 틴보이즈에 푹 빠져 덕질을 했던 것에는 분명 엄마에게 받은 영향도 있을 것이다. 엄마의 과거를 알고 있었다면 덕질을 하면서도 마음이 더 편했을 텐데.

"그랬지. 또 돈 뺏기고 그럴까 봐 걱정되기도 했고. 빛나 애가 어찌나 삐삐를 쳐대는지 원……."

"시간이 지나면서 팬심은 사라졌지만 친구는 남은 거지. 떡볶이 레시피도 언니가 알려준 거잖아. 요리 좋아하는 언니 영향 받아서 내가 이렇게 분식집까지 하게 되고. 게다가 평온동에. 언니 유학 고민할 때 내가 신화 잘 봐준다고 약속했는데 그건 좀 미안하네."

머릿속으로 하나씩 퍼즐을 맞춰가며 엄마와 언니가 하는 말들을 들었다. 분식집에 올 때마다 언니가 내 얼굴을 빤히 바라보던 이유를 이제야 알 것 같았다. 공부방에서 나오는 내게 언니가 수시로 저녁을 챙겨주던 이유도. 언니의 미안하다는 말에 나는 반사적으로 고개를 가로저으며 말했다.

"아니에요. 언니가 진짜 잘해줬는데……."

지금까지 들은 이야기는 둘 사이에 있었던 일 중 극히 일부에 지나지 않을 것이다. 그렇지만 엄마에게는 언니가 있어서, 언니에게는 엄마가 있어서 다행이라는 생각이 들었다. 엄마와 언니는 서로에게 진정한 친구인 것 같았다. 그러다가 문득 머릿속에 질문 하나가 떠올랐다.

"엄마랑 언니가 좋아했던 연예인 이름이, 혹시?"

엄마와 언니는 서로를 바라보더니 웃음을 터뜨렸다.

"팬클럽 탈퇴하면서 우리끼리 한 약속이었잖아. 아기 낳으면 무조건 이름은 신화라고 하자고."

빛나 언니의 말이 끝나기도 전에 엄마는 다시 나를 꼭 껴안았다. 한동안 잊고 있었던 감촉. 그 따뜻함에 눈이 스르르 감기면서 입가에 미소가 지어졌다.

엄마는 평온역 앞에 작은 빵집을 열기로 했다. 나는 할머니 할아버지와 같이 살면서 평온중학교에 계속 다닐 수 있어 다행이라는 생각이 앞섰다.

학교 수업이 끝나고 엄마와 시장에 가서 빵집에 필요한 물건들을 구입했다. 엄마는 유학 시절 배웠던 것 중에 가장 맛있는 여섯 종류의 디저트로만 범위를 한정 지어 집중적으로 특색 있는 빵집을 만드는 게 목표라고 했다. 나는 그간 다이어리 꾸미던 실력을 발휘해서 빵 이름표를 만들어보기로 했다.

가장 큰 과제는 가게 이름 정하기였다. '평온역 빵집'이나 '평온 베이커리' 같은 이름들을 겨우 떠올려봤지만 별로 와닿지 않았다. 세련되면서도 인상 깊고, 빵이 맛있어 보일 것 같은 이름이 뭐가 있을지 고민이 이어졌다.

며칠째 와도 시장은 거대했고 미로 같았다. 오늘은 빵을 올려놓을 쟁반을 구경하러 가는 길이었다. 엄마를 따라 걸어가다가 휠체어 용품을 파는 가게 앞에서 나도 모르게 발길이 멈췄다.

"필요한 거 있어?"

엄마는 나를 잡은 손에 살짝 힘을 주며 물었다. '아이스 방석, 시원한 방석'이라는 구절에 자꾸만 눈길이 향했다. 내 시선을 눈치챈 상인이 나를 설득하듯이 말했다.

"휠체어 타는 사람들 여름에 아이스 방석 이거 꼭 필요해요."

"엄마, 저기, 친구 엄마가 휠체어를 타는데 이거 선물할까?"

엄마는 선뜻 그렇게 하라고 대답하고는 아이스 방석을 하나 사주었다. 나도 모르게 머릿속으로 방석 가격을 떡볶이 값과 비교해 보았다. 이 돈이면 떡볶이 2인분……. 그리고 이내 고개를 가로저었다. 엄마는 쇼핑백을 내게 건넸다.

"우리 딸 기특하네. 친한 친구인가 봐?"

"응. 도연이. 반에서 젤 친한 애."

"그래. 우리 딸 이렇게 베풀 줄 아는 사람이라 엄마 마음이 참 좋다."

여태까지 도연이에게 선물이나 편지를 준 적이 한 번도 없었다는 사실이 떠올랐다. 선물은커녕 조금이라도 손해를 볼까 봐 전전긍긍하던 내 모습이 생각나 얼굴이 달아올랐다.

집에 와서 방석 싱자를 예쁘게 포장했다. 엄마는 포장지에 예쁜 별 리본까지 붙여주었다.

방학식 전날 오후로 학급 단합대회 일정이 정해지자 도연이와 채원이는 무척이나 바빠졌다. 둘은 아이들이 가장 재미있어 할 것 같은 것들로 종목을 정하고 직접 시뮬레이션해 보며 예상 소요시간까지 정리했다. 그리고 방학식 날 담임 선생님께 드릴 롤링 페이퍼까지 준비해, 쉬는 시간마다 선생님 몰래 종이를 돌렸다.

나는 롤링 페이퍼의 빈 공간에 그림을 그리고 다희는 꾸미는 역할을 맡았다. 내가 그림을 그릴 때마다 아이들 사이에서 감탄사가 터져 나왔다.

"이제 내일 단합대회 하고 나면 다음 날 방학식이네."

다희가 날짜를 짚어보다가 먼저 말을 꺼냈다.

"방학식! 성적표 어떡해. 아 그런데 난 학교 계속 오고 싶은데 방학 싫당."

나는 깜짝 놀라 채원이를 바라봤다. 성적표를 떠올리니 나 역시 겁이 났지만 방학이 싫다는 말에는 공감하기 어려웠다.

"우리 반 좀 재밌지 않아? 이렇게 좋은 친구들도 있고."

채원이는 양옆에 있는 도연이와 내 등을 톡톡 치면서 애교 있게 말했다. 내 옆에 있는 다희에게는 눈을 찡긋하며 웃어 보였다.

"그렇긴 하지. 방학 때 다들 뭐 해?"

도연이가 우리를 훑어보며 방학 계획을 물었다.

"나는 방학하면 일단 할머니 병원에 가. 엄마 말이 요즘 그래도 많이 좋아지셨대. 역시 공기 좋고 물 좋은 곳에 살아야 하는 건가?"

어느 순간부터 다희의 말에는 '새엄마' 대신 '엄마'가 등장했다. 다희 엄마는 다희만큼 좋은 사람인 것 같았다. 다희 말에 아이들 모두 다행이다, 잘됐다는 말을 반복했다.

"나는 모처럼 여행 갈 것 같은데. 아직 장소는 못 정했어. 우리 가족 여행 가는 거 진짜 오랜만이거든."

도연이가 동그란 안경을 올리면서 이야기했다. 오늘 도연이와 헤어지기 전에 가방 속에 넣어온 선물을 전해줘야 할 것이다. 이 선물이 도연이의 가족 여행에도 도움이 되었으면 좋겠다. 채원이가 조그맣게 한숨을 쉬더니 입을 열었다.

"부럽당. 나는 우리 언니 올해 또 수능 보니까 아무 데도 못 가. 학원만 주구장창 가야겠지만, 뭐 괜찮아."

채원이가 스스로를 위로하는 듯한 말투에 셋 다 웃음이 터졌다. 다음은 내 차례였다. 엄마가 돌아오고 나의 여름방학 계획도 틀을 잡아가고 있었다. 나는 엄마 가게에서 일을 도울 계획이다. 하지만 어디서부터 말을 꺼내야 할지 망설여졌다.

"저기……. 평온역 앞에 빵집이 하나 생기는데 이름을 뭐로 하면 좋을까?"

여름방학 계획과는 관계없어 보이는 생뚱맞은 질문이 먼저 나왔다. 다희가 고개를 돌려 내 얼굴을 힐끗 쳐다보더니 물었다.

"너랑 관계 있는 곳이야?"

나는 말없이 고개만 끄덕였다. 도연이와 채원이까지 궁금하다는 표정을 짓고 내게 시선을 고정하고 있는 게 느껴졌다.

"우리 엄마가 하는 건데."

말이 끝나기 무섭게 셋 사이에서 '와' 하는 탄성이 터져 나왔다.

"평온 베이커리? 평온제빵소?"

"평온한 빵?"

"빵이 너무 식상하면 빵빵?"

셋 사이에서 여러 의견이 오갔지만 이렇다 할 만큼 딱히 와닿는 이름은 없었다. 하지만 누가 먼저랄 것 없이 셋 다 방학 중에 꼭 들르겠다고 말했다.

이어서 다희는 공부방으로 향했고 채원이는 집이 반대편이라 자연스럽게 도연이와 둘이 남았다. 둘이 남자 도연이는 이전처럼 조용해졌다. 무언가 골똘히 집중해서 생각하고 있는 것 같았다.

"신화 너네 어머니가 하시는 거지?"

도연이는 갑자기 입을 열더니 동그란 안경 속에서 눈빛을 반짝였다. 나는 가볍게 대답하며 고개를 끄덕였다.

"신화 베이커리, 아니, 아니, 베이커리 신화!"

생각지도 못한 이름에 웃음이 터졌다. 근래 들었던 말 중에 가장 웃기는 것 같았다. 나는 주위를 휘이 둘러보고는 가방에서 쇼핑백을 꺼냈다.

"저기 이거, 엄마 갖다 드릴래?"

예쁜 포장을 보자 도연이 눈이 동그래졌다.

"혹시 언짢아하시지는 않겠지? 어제 엄마랑 시장에 갔다가 산 건데. 여름엔 이런 게 꼭 필요할 거래."

"고마워."

나는 도연이를 향해 손을 흔들며 서둘러 뒤돌아섰다. 얼른 집에 가서 엄마에게 친구들이 말해준 이름들을 들려줘야겠다. 평온 2동으로 향하는 횡단보도에 도착했을 때였다. 휴대폰에서 진동이 울렸다.

> 💬 이거 엄마가 사려고 했던 거래. 진짜 고맙다고 꼭 전해달래. 그리고 방학 때 우리 집 놀러 오라고. 웬일! 내 친구 신화에게 이런 센스가!

마지막 구절을 읽으며 나도 모르게 혀가 날름 나왔다. 내 친구 신화라는 부분을 몇 번이나 반복해서 읽고는 창을 닫았다. 횡단보도에 파란 불이 켜졌다. 입가에 떠오르는 미소를 간직한 채로 발걸음을 내디뎠다.

열다섯 우리, 작은 연대도 소중해

"이거, 많이 이상해?"

신화 앞에 다가온 다희가 조심스럽게 물으며 머리카락을 가리고 있던 손바닥을 살짝 떼었다. 다희의 손 아래로 빨간색 리본 모양의 머리핀이 모습을 드러냈다. 신화는 눈을 동그랗게 뜨고 다희를 바라봤다.

"오, 오! 아니, 안 이상해! 잘 어울리는데?"

한결 밝아진 표정의 다희가 입을 열었다.

"아, 진짜? 이런 거 처음 해봐서. 하고 다녀도 될까?"

신화는 적극 찬성이라는 듯이 고개를 끄덕였다. 신화의 반응에 용기를 낸 다희는 머리에서 손을 완전히 떼고 고개를 꼿꼿하게 들었다.

무슨 말이든 끝까지 들어주고 이해해 주는 신화에게 머리핀의 비밀에 대해서도 털어놓고 싶어졌다.

"사실……. 이거 우리 오빠가 선물해 준 거라서, 처음 받은 선물인데 안 하고 다니면 좀 그렇잖아. 이제 겨우 좀 친해지고 있는데."

"와, 오빠랑 친해졌구나?"

"할머니 병원에 같이 다녀온 뒤로는 오빠도 노력하는 게 보이니까 나도 더 잘해야겠단 생각이 들어서."

신화는 기특하다는 눈빛을 가득 담아 다희를 바라봤다. 다희네 가족을 진심으로 응원해 주고 싶었다.

그때 저 앞에서부터 도연이와 채원이가 커다란 상자를 들고 오는 모습이 보였다. 신화와 다희는 서로 눈을 마주치고는 누가 먼저랄 것 없이 달려갔다.

"엄청 무거운데, 이걸 어떻게 둘이 들고 왔어?"

상자의 한 귀퉁이를 잡은 신화가 깜짝 놀라 물었다.

"아니, 나 혼자도 들 수 있을 것 같았는데."

아니라고 말하는 도연이 얼굴은 이미 발갛게 상기되어 있었다. 또, 이마에는 땀이 송골송골 맺혀 있었다.

처음엔 정말 혼자 들 수 있을 거라 생각했지만, 몇 걸음 걷기도 전에 포기하고 싶어졌던 게 사실이었다. 채원이가 따라와 주지 않았다면 여기까지 오기도 어려웠을 것이다.

"내가 혼자 들고 와야 되는 상황이었으면 울어버렸을 거야. 도연이랑 둘이도 낑낑거리면서 겨우 들고 왔는데, 도와줘서 정말 고마워. 정말, 정말 고마워."

채원이는 중간에 숨을 고르며 겨우 말을 끝맺었다. 어떻게든 고마운 마음을 표현하고 싶었다.

박스 안에는 단합대회에 필요한 도구가 가득 들어 있었다.

"넷이 드니까 진짜 하나도 안 무겁다."

도연이가 상자를 잡은 손에 더 힘을 주면서 웃는 얼굴로 말했다.

*

다음 종목은 4인 5각 경기였다. 수학여행 때 같은 방을 쓴 친구들끼리 한 팀이 되었다. 네 명은 머리를 맞대고 한참을 상의하더니 키 순서대로 나란히 섰다. 발목에 고리를 끼우고는 떨어질세라 서로 단단하게 팔짱을 끼었다.

다희, 채원, 신화, 도연이는 순서대로 서서 왼쪽, 오른쪽을 맞춰 나아가는 연습을 시작했다.

"하나 할 때 왼쪽, 둘 할 때 오른쪽."

맨 왼쪽에 선 다희의 구령에 맞춰 따라가려다가 주저앉는 채원이를 다희와 신화가 일으켜 세웠다. 채원이는 넘어지면서도 웃음이 터졌다. 오른쪽에서 웃으며 끌려가던 도연이가 동그란 안경을 고쳐 쓰면서 말했다.

"하나 할 때 다희랑 신화는 왼쪽, 채원이랑 나는 오른쪽. 둘 할 때 다희랑 신화는 오른쪽, 채원이랑 나는 왼쪽. 알겠지?"

도연이의 말에 세 명은 입술을 동그랗게 오므리며 작게 감탄사를 내뱉었다. 신화는 도연이를 향해 엄지손가락을 들어 보였다. 그러고는 장난스럽게 도연이 허리 부분에 닿을 수 있도록 엄지손가락을 접었다 폈다 하며 움직였다. 움직임이 점점 빨라졌다. 도연이는 간지럽다며 웃음을 참지 못했다.

예선 상대 팀은 미진이네였다. 가장 오른편에 선 미진이가 다희에게 하이 파이브를 청했다. 채원이와 눈이 마주친 미진이가 말했다.

"정채! 살살 가라고, 알겠지?"

"스포츠는 정정당당하게, 최선을 다해서."

채원이는 결승선에 시선을 고정한 채 진지한 표정으로 말했다. 양 팀의 아이들 모두 싱글벙글 웃는 얼굴이었다. 체육관 반대편에서 담임 선생님이 10초 뒤 출발을 알렸다.

네 명은 동그랗게 모여 서로를 마주 보고 오른손을 포갰다. 다희, 채원, 신화, 도연이가 '파이팅'을 외치며 손을 움직였다. 다희와 도연이는 손을 위로 들고 채원이와 신화는 손을 아래로 빼면서 맞지 않는 모습을 보이자 지켜보던 반 아이들이 웃음을 터뜨렸다.

저 멀리서 담임 선생님이 깃발을 들었다.

"내리면 출발!"

도연이가 중얼거렸다.

"후우, 이거 긴장되는데?"

신화가 자그맣게 심호흡을 하며 말했다.

"하나, 둘, 하나, 둘 알지?"

다희의 질문에 세 명은 고개를 끄덕였다.

"아, 잠깐. 내가 왼쪽이 먼저였나, 오른쪽이 먼저였나?"

채원이가 물어보는 중에 깃발이 내려졌고 경기는 시작됐다. 네 명은 서로의 몸에 의지한 채 한 걸음 한 걸음 나아갔다.

"하나, 둘, 하나, 둘, 하나, 둘……."